桃割れ堕天使

草凪　優

徳間書店

目次

第一章　高嶺の人妻

1

　その夫婦は、アウディA7スポーツバックに乗って颯爽《さっそう》と登場した。

　新車で買えば諸経費込みで一千万円はする。国産車には決して出せないシルバーグレイのエレガントな塗装に、上杉悠紀夫《うえすぎゆきお》は眼を細めた。まず間違いなく富裕層だろう。商談の相手が金持ちで喜ばない不動産業者はいない。

　アウディから降りてきたのは、渡瀬龍太郎《わたせりゅうたろう》。そして、その妻の乃梨子《のりこ》である。龍太郎は派手なストライプの入ったスーツを着て、磨《みが》きあげられた靴を履《は》いていた。やり手の経営コンサルタントらしい。同じ自営業者でも、五年前に買った量販店のスーツをしつこく着つづけている上杉とは大違いである。

妻の乃梨子に至っては十センチはありそうなハイヒールに、デコルテをすっかり露《あら》わにしたヌーディベージュのドレス姿だった。この後にＶＩＰが集まるパーティの予定でも入っているのかと、内心で苦笑がもれた。

キャバクラ以外で、これほど露出度の高いドレスを着ている女を初めて見た。世の中には、ドレスを着るために生まれてきたような女がいるのかもしれないと思った。それくらい様になっていた。四月の千葉の風は冷たく乾いていたので、すぐに毛皮のコートを羽織《はお》ってしまったが、それもまたセレブであることを誇示するような銀色に輝いていた。

「どうも、初めまして」

上杉は営業車であるライトバンから降りて挨拶《あいさつ》した。

「道はすぐわかりましたか？」

龍太郎に声をかけたのだが、答えたのは乃梨子だった。

「ナビがあるから迷いませんでしたけど、ずいぶん淋《さび》しいところね」

あたりを見渡し、これ見よがしに深い溜息《ためいき》をつく。緑豊かな新興住宅地という触れこみで客を呼んでいるが、逆に言えばそれ以外に売り物がない、二十年ほど前に大手ディベロッパーが開発に失敗したニュータウン。メインストリートこそ整然としているものの、一本裏道に入ればタヌキが出そうな土地柄だった。山に囲まれた街全体が、ハリボテのセットのような感じだ。

「まあ、いいじゃないか」

龍太郎はなだめるように乃梨子の肩を抱いた。さりげなく手を置いたのではなく、かなり大胆にぐっと抱き寄せた。

「問題は街並みより、建物の中身だよ。都内で戸建てを買うより、こっちのほうがずっと豪勢な家が買える。移動はクルマですればいいんだから、まわりがどうであろうと関係ない。ねえ、上杉さん？」

「えっ、ええ……」

上杉はこわばった笑みを浮かべてうなずいた。渡瀬夫婦はこの街にある中古住宅の内覧にやってきた。現在はウォーターフロントにあるタワーマンションに住んでいるらしいが、そろそろ郊外に持ち家を、というパターンである。ただ、そう思っているのは主に夫のほうで、妻はいまひとつ乗り気ではない様子だった。内覧予約の電話をしてきたのも、夫の龍太郎だ。

それにしても、絵に描いたような紳士と淑女である。装《よそお》いに金がかかっているだけではなく、どちらも上背《うわぜい》のある美男美女で、立ち居振る舞いが堂々としている。龍太郎はおそらく四十歳前後、乃梨子は三十代半ばくらい。三十五歳になったばかりの上杉とさして年齢は変わらないのに、人種の違いをまざまざと見せつけられる思いだった。上杉なら、初対面の人間の前で妻の肩を抱いたりできないだろう。そもそも、妻なんていない独《ひと》り身であるが……。

「それじゃあ、中をご案内いたします」

三メートル近くありそうな重厚な木製の玄関扉を開けて、物件の中に入った。マーブル模様の白い石が敷きつめられた玄関は広く、天窓がついていて明るい。目の粗《あら》いものと細かいもの、マットが二枚並んでいるのは、靴拭《ぬぐ》い用だ。欧米ふうのライフスタイルを模して、この家は靴を履いてあがることになっている。

「そのままどうぞ」

内覧の客にはスリッパを出すようにしているのだが、上杉はあえて渡瀬夫婦を土足のまま通した。この家の場合、靴を履いていたほうが特徴が理解しやすい。実際、ハイヒールをカツカツと鳴らしている乃梨子の顔は上機嫌だった。外国映画のワンシーンにでもまぎれこんだ気分になれるのだ。

　三十畳のリビングを擁《よう》する4LDKのこの家は、もともとプロ野球選手が建てた注文住宅だ。建物面積が百坪もある。北欧製を中心にコレクションされた家具もそのまま残されているから、内覧に訪れて「おおっ」と感嘆しない客はいなかった。都会の同価格帯の戸建てと比べ、驚くほど広いし、贅《ぜい》が尽くされている。

「まあ、いいんじゃないか」

　一階のリビングをざっと見ただけで、龍太郎は言った。

「窓が大きくて明るいところが気に入った。明るい家はいい家だ。なあ?」

「そうねえ、どうかしら……」

　乃梨子は曖昧《あいまい》に首をかしげた。それが普通の反応だろうと上杉は思った。郊外の中古物件とはいえ、一億を超える値段のついた家だった。靴下の柄を決めるような態度の龍太郎のほうが、いささか異常な感じがする。

　もっとも、これが金持ちの世界なのかもしれない。

　父親から引き継いだ下町の不動産屋を細々と営んでいる上杉には、想像するしかない世界だ。商いの規模は小さくても、不動産業界のようなところに身を置いていれば、一攫千金《いっかくせんきん》じみた胡散《うさん》くさい話もすぐ近くを通りすぎていく。たいていは、資産価値のない物件を高値で売り抜いたという自慢話だ。詐欺師《さぎし》まがいに、口八丁手八丁で客をその気にさせ、虎の子を奪ってしまう……。

不動産売買におけるトラブルの元凶であるが、トラブルが表面化する以上に、おいしい思いをしている同業者は多い。だから、騙《だま》す人間が後を絶たないのだ。

騙した人間はかならずこう口にする。騙されるほうが悪い――そこには一抹《いちまつ》の真実が含まれているような気もするが、上杉はまだその手の危ない橋を渡ったことがなかった。濡れ手で粟《あわ》のボロ儲《もう》けに興味がないわけではない。死ぬまで下町の不動産屋のオヤジでいるつもりは毛頭ないけれど、まだ業界経験が三年と浅いせいだった。訳もわからずおいしい話に飛びついたりしたら、誰かをカモにする前に、こちらがカモにされてしまう。いまはまだ、静かに牙《きば》を磨く時期なのだと、自分に言い聞かせながら日々をやり過ごしている。

それに、仕事の中心が賃貸住宅の斡旋《あっせん》だから、それほどおいしい話も近寄ってこない。いま内覧案内しているのは例外的に手がけている物件であり、たまたま縁があって仲介しているだけだった。しかも、まったく売れそうにない。交通の便が悪い千葉の郊外に一億超えの豪邸を買うくらいなら、普通は投資の対象にもなる都心のマンションを手に入れようとする。

だから、渡瀬龍太郎のような客は大切にしなければならなかった。資産価値はもちろん、住環境などを細かく精査されてしまっては、ボロが出る。金持ちの気まぐれでもなんでもかまわないから、靴下を買うようにひょいと買ってもらえるなら、それに越したことはないのである。

ところが、二階に案内しようとしたところで、龍太郎のスマホが鳴った。上杉や乃梨子から距離をとって、なにやら深刻そうな顔でしばらく話をしていた。

「申し訳ない」

電話を切って言った。

「仕事で急遽《きゅうきょ》戻らなくちゃならなくなった」

「それじゃあ、わたしも……」

乃梨子も同調しようとしたが、

「いやいや、キミは最後まで内覧していきなさい。帰りは不動産屋さんのクルマに乗せてもらえばいいだろう？　まあ、僕は気に入ったから、あとはキミ次第だよ。悪くないと思うけどな……」

出ていく龍太郎の背中を見送りながら、上杉は胸底で溜息をついた。購買意欲のある夫が去っていき、そうでもなさそうな妻が残った。しかも、夫がアウディで帰ってしまったので、彼女は都心まで十年落ちの営業車に揺られて帰らなければならないのである。

彼女の立場になってみればいっそ気の毒なくらいだったが、上杉は奮《ふる》い立った。逆に考えれば、妻さえその気にさせてしまえば、商談成立の可能性はかなり高い。下町の不動産屋のオヤジで終わりたくなければ、ここらでひとつ実績をあげておきたい。

いまこそその時だと、過剰《かじょう》な笑みを浮かべて乃梨子を二階に案内した。

2

交通の便も悪ければ、街並みはハリボテのセットのようで、土地の価格が上昇する見込みはほとんどないけれど、建物だけは馬鹿にすることができないのが、この物件だった。注文住宅なので、お仕着せのマンションなどとはまるで違う、ユニークな造りが随所《ずいしょ》に見てとれる。

　その中でも目玉となるのが、二階の主寝室だった。広々とした空間に、キングサイズのローベッドや北欧製のチェストやドレッサーがゆったりと置かれた様子はヨーロッパのホテルのようで、見晴らしもよければ陽当たりもいいバルコニーがついている。おまけに、ガラス張りのバスルームまで部屋の中にあり、浴槽《よくそう》はジャグジー付きの豪華さだ。

　最初にこの部屋を見たとき、上杉は苦笑してしまった。セックスをするための部屋に見えたからである。実際、最初のオーナーであるプロ野球選手はそういう使い方をしていたはずだ。彼はこの家を建てた当時、ひとまわり年下のグラビアアイドルと二度目の結婚をしたばかりだった。

　おかげで、売りにくい物件になってしまった。鍛《きた》えあげられた肉体をもつプロ野球選手と、類《たぐ》い稀《まれ》なプロポーションを誇るグラビアアイドルなら、陽当たりのいいこの部屋で真っ昼間から腰を振りあい、ガラス張りのバスルームでイチャイチャしていても、絵になるかもしれない。

しかし、そんな日本人は滅多にいない。産毛《うぶげ》まで金色の外国人カップルならともかく、陰翳礼賛《いんえいらいさん》の国で性を謳歌《おうか》するには、いささかあけすけすぎるのである。

だが、先ほどアウディから降りてきた渡瀬夫婦を見て、このふたりなら似合うかもしれないとピンときた。ハリウッド映画で描かれるようなロマンチックかつ情熱的なメイクラブを、平然と演じてしまうのではないかと……。

「どうでしょう？」

乃梨子を主寝室に案内した上杉は、両手をひろげて演説した。

「まるで外国のホテルのようなこのベッドルーム！　バルコニーとシャワーとジャグジーが併設された寝室なんて、都心じゃまず考えられませんからね。朝ベッドから抜けだして、何歩か歩いてシャワーを浴び、また何歩か歩いてバルコニーで風にあたる。毎日がリゾート気分と言っても過言ではないでしょう」

「そうね……」

乃梨子がバルコニーに続く窓を開けたので、上杉はすかさずその足元にサンダルを揃《そろ》えた。

「まだちょっと風が冷たいけど、夏になったら気持ちよさそう」

乃梨子は歌うように言いながら、バルコニーに出ていった。美容院帰りですか？と訊《たず》ねたくなるようなキメキメな真っ黒いショートボブが風に揺れる。うなじから首にかけてのラインが美しく、顔立ちはハーフのように彫《ほ》りが深い。おまけに女としては背が高いほうだから、バルコニーにたたずむ姿が舞台女優のように映《は》える。

不意にクスクスと笑いだしたので、

「どうかしましたか？」

上杉は不安げに眉をひそめた。

「一生懸命プレゼンテーションしてもらってるのに申し訳ないけど、この物件は買いません」

乃梨子はきっぱりと言い放った。

「あっ、いや……なにかお気に召さないところでも？　お値段のほうなら、もちろん交渉の余地がございますけれど……」

焦る上杉の様子がよほどおかしかったのか、乃梨子の笑い声は高くなっていくばかりだった。

「そうじゃなくて、こんなド田舎に住みたくないのよ。誰が住んでやるものですか」

「いやいや、たしかにここは田舎ですが……自然豊かな緑の多い場所に住みたいわけですよね？　とくにご主人が……」

「あの人が？　まさか」

乃梨子がサンダルを脱いで部屋に戻ったので、上杉も追いかけた。

「あの人はただ、わたしを東京から遠ざけたいだけよ。わたしひとりをこんな田舎に閉じこめて、自分は都会で羽を伸ばしたい……それが本音。仕事を口実に毎日ホテルに泊まって、ひと月もしたら向こうでマンションでも借りるつもりでしょう。こっちに帰ってくるのは週末だけよ。そういう生活が眼に浮かぶ……」

ギリッと歯嚙《はが》みしたように、上杉には見えた。

「若い愛人がね、いるのよ。平日は、その彼女と毎晩抱きあって眠りたいんでしょう。まったく馬鹿馬鹿しい。浮気でも不倫でもしたかったらすればいいけど、どうしてわたしが東京から追い払われなくちゃならないの……」

ずいぶんあけすけに個人情報を口にする女だと、上杉は唖然《あぜん》とした。そして、浮気をされているのがわかっていてなぜ離婚しようとしないのか、不思議に思った。

もちろん、そういった疑問を口にすることはできない。独身の上杉でも、結婚が愛だけで成り立つものではないことくらいわかっていた。愛よりも強く、経済で結びついている夫婦なんて珍しくもない。渡瀬夫婦のような富裕層なら、気持ちが切れた程度では別れられない事情があってもおかしくない。

「というわけで……」

乃梨子は上杉を見ると、外国人のように肩をすくめた。

「内覧はもうおしまいでけっこうよ。わたし、四十二階から東京湾が望めるいまの住まいがとっても気に入ってるの。別居するなら、出ていくのはあの人のほう」

「なるほど……」

上杉は深い溜息をついた。金持ちの傲慢《ごうまん》に、腹の底から怒りがこみあげてきた。客だと思えばこそ、半日を潰《つぶ》して千葉くんだりまでやってきたのだ。夫婦の問題に、無関係な業者を巻きこむべきではない。失礼にも程がある。

「最初から買うつもりがないのに、内覧に申し込んだわけですか……」

上杉がしらけた顔で言うと、

「あの人は買う気満々よ」

乃梨子は人を小馬鹿にしたように笑った。

「でも、奥さんが反対したら買えないわけでしょう?」

「そうね」

「だったら……」

上杉は高慢ちきに反《そ》り返っている乃梨子を冷たく睨《にら》んだ。

「あんたは客じゃない。クルマで送る義理もないので、勝手に帰ってください」

「馬鹿なこと言わないでよ」

乃梨子は鼻で笑った。

「こんなどこだかわからないところから、ひとりで帰れるわけないでしょ」

「最寄りの駅までは徒歩四十分。女性の足じゃ一時間はかかるかもしれない。もっとも、そんなものを履いて歩き通せればの話ですけどね」

上杉は乃梨子のハイヒールを指差して言った。

「そんなに怒らないで」

乃梨子は降参とばかりに、おどけた顔で両手をあげた。

「たしかに、こっちの都合であなたの時間を使ってしまったのは、悪かったかもしれない。手間賃に、十万円くらいなら払ってもいいわよ。物件の案内して十万円なら、悪い話じゃないでしょう？」

乃梨子が浮かべた笑みが、人の足元を見ている不快きわまりないものだったので、上杉は完全にキレた。

「あのねえ、奥さん。なんでも金で解決できると思ったら大間違いなんだよ。さっさと帰れよ。あんたがやったことは、大人のすることじゃない。泣きながら駅まで歩いて帰って反省しろ」

かなり強い調子で言ったにもかかわらず、乃梨子の表情に焦《あせ》りは浮かんでいなかった。やれやれとばかりに首を振ると、カツ、カツ、とハイヒールを鳴らして近づいてきた。息のかかる距離まで顔と顔が接近した。ハイヒールを履いているせいもあり、身長一七八センチある上杉と、眼の位置がほとんど変わらない。

上杉は眉間《みけん》に皺《しわ》を寄せて睨んでいたが、乃梨子はその視線を余裕たっぷりに受けとめた。

「怒ると男らしい顔になるのね？」

右手で頬《ほお》を包んできた。

「ちょっとキュンときちゃったな」

「金の次は色仕掛けですか?」

上杉は吐き捨てるように言ったが、頬を包んでいる乃梨子の手を払えなかった。怒りのせいだろう、上杉の頬はずいぶん熱くなっているようで、乃梨子のひんやりした手のひらが心地よかった。

「そうね。悪いのはわたしのほうだから、あなたのご機嫌を直すためならなんでもするわよ。いきなりひざまずいてしゃぶってほしいなら、しゃぶってあげる。自分の口で言うのは艶消《つやけ》しだけど、自信があるの……」

乃梨子は口許《くちもと》だけで笑った。眼は笑っていなかった。黒い瞳《ひとみ》が光っていた。欲情の涙で濡《ぬ》れ光ったのだと思った瞬間、上杉は痛いくらいに勃起していた。

3

「綺麗《きれい》な顔して、ずいぶん大胆ですね?」

自分の声が震えていることに気づき、上杉の顔はますます熱くなった。

「まさか奥さんみたいな方から誘われるなんて、夢にも……」

それも、とびきり卑猥《ひわい》な台詞《せりふ》で、だ。

「夫が浮気してるのに、貞操を守っていてもしかたないでしょう？」

「セックスが好きなんですか？」

「男だったら、言葉じゃなくて行動で確認してみなさいよ」

乃梨子は上杉の頬から手を離すと、銀色に輝く毛皮のコートを脱いでローベッドの上に投げた。コートの下は、露出度の高いヌーディベージュのドレスである。

デコルテの肌の白さが、上杉の眼を射った。色が抜けるように白いだけではなく、細い首筋や狭い肩のフォルムが美しすぎて眼がくらみそうだった。鎖骨《さこつ》の浮きあがり方さえ芸術的で、上杉はまばたきができなくなった。

この女を抱ける？

しゃぶれと言えばしゃぶってもらえる？

にわかに現実感が失われていき、認めたくはなかったが、完全に怖《お》じ気《け》づいてしまった。セックスが苦手なわけではない。ゆきずりの情事を避けて通るほど真面目《まじめ》な人間でもないし、現に痛いくらいに勃起している。

ただ、家業を継いでからこの三年ばかりは、恋人と呼べる存在はなく、欲望の捌《は》け口はもっぱらソープランド。当たり前だが、ソープ嬢相手に怖じ気づくことなんてない。相応の金を払っているのだから、いつだって上から目線で接している。

しかし、目の前の女を見下すことはできなかった。これだけの美人なのだから、男から引く手あまたであったことは容易に想像がつくし、ソープ嬢を凌《しの》ぐ発展家の可能性だってある。

たとえ乱れた生活を送っていなくても、彼女は人妻。夫が若い女に走る前、念入りに女の悦《よろこ》びを教えこまれているはずだった。これほど美しい妻《めと》を娶りながら浮気にも精を出すということは、夫の龍太郎は類い稀な絶倫なのかもしれない。そんな男に仕込まれた女は果たして……。

怖かった。

こちらが必死に腰を振りたてても、あえぐどころかあくびをされたりしたら、しばらく立ち直ることができないほど落ちこんでしまうかもしれない。乃梨子はいかにも、そういうことをしそうなタイプに見える。

罠《わな》なのかもしれなかった。もしかすると彼女は、歩いて帰れと言われた意趣返しをしようとしているのではないか。セックスにおいて、女は簡単に男を傷つけることができる。終わったあと、「下手《へた》ね」とひと言つぶやけばいい。こちらのペニスを一瞥《いちべつ》し、「ずいぶん可愛いのね」と失笑するだけでも充分だ。

「どうしたの？」

乃梨子が眉根を寄せて見つめてくる。

「ドレスもわたしが自分で脱いだほうがいい？」

上杉はにわかに言葉を返せなかった。三十五歳という自分の年齢を呪《のろ》った。もっと若ければ――果てても果てても挑みかかれる二十歳前後であったなら、なにも考えずむしゃぶりついていっただろう。下手だと言われたところで、若さを言い訳にできる。むしろ、性技を磨くきっかけにすればいい。

しかし、三十五歳にもなって、セックスにトラウマを抱えるのは嫌だった。乃梨子にこちらを傷つける意図がなかったとしても、結果としてそうなる可能性もある。上杉には、彼女を性的に満足させる自信がなかった。

とはいえ、ここまではっきり誘われておきながら、尻込《しりご》みしたと思われるのも癪《しゃく》だった。それはそれで、トラウマになるかもしれない。こちらが決して傷つかない形で、彼女にひと泡吹かせる方法があればいいのだが……。

「ねえ」

乃梨子が蔑《さげす》んだ視線を向けてくる。

「まさか、威勢がいいのは口だけなの？」

「いや……」

上杉は首を横に振った。

「ちょっとやり方を考えていただけですよ」

「あなた、女を抱くのにそんなにたくさんヴァリエーションがあるわけ？　期待しちゃっていいのかしら？」

まったく、と上杉は胸底でつぶやいた。ここまで男を小馬鹿にしてくる女なんて、いままでお目にかかったことがなかった。それも、自分の美しさをしっかり自覚しつつだから、始末に負えない。

もはや遠慮の必要はない、と上杉は腹を括《くく》った。

「こっちに来てもらえますか？」

部屋の隅にある鏡台にうながした。日本式の小さなものではなく、オペラハウスの楽屋にあるような立派なものだ。

「手をついて、尻を突きだしてください」

「ふふっ、いきなり立ちバック？」

乃梨子は鏡越しに冷めた笑みを浴びせてきた。長考したわりには平凡なやり方ね、とその顔には書いてあった。ドレスを着るために生まれてきたような彼女は、男とパーティを抜けだして立ちバックで盛ったことなんて何度もあるのだろう。

しかし、上杉の目的は立ちバックではなかった。突きだされたことで丸みが際立《きわだ》った尻に狙《ねら》いを定め、スパーンと平手を打ちおろした。

「ひいっ！」

乃梨子は尻尾を踏まれた猫のような顔で振り返った。

「なっ、なにをするの……」

「あんたみたいにしつけの悪い女には、おしおきが必要だと思ってね」

スパーンッ！　スパパーンッ！　と左右の尻丘を連続で叩いてやる。乃梨子は悲鳴をあげたが、逃げなかった。容赦《ようしゃ》なく叩いているのに、尻を突きだしたままだった。まったく生意気な女である。痛みにおののいてしおらしい態度になれば、「冗談ですよ」と笑って許してやるつもりだった。もちろん、この場に置き去りにしたりせず、都内までクルマで送ってやろうとも思っていた。

だが、四発、五発と叩いても、もっとやってみなさいとばかりに尻を突きだされていては、こちらとしても引っこみがつかない。ドレスの生地は薄く、着衣の状態でも尻のフォルムが生々しくわかったが、上杉は長い裾《すそ》をまくりあげた。直接尻を叩けば、平手の痛みも倍増するに違いないと思ったからだ。

しかし、裾を太腿《ふともも》まであげたところで、息を呑《の》んでしまった。意外なほど豊満な太腿を、ベージュのレースが飾っていたからである。乃梨子はナチュラルカラーのストッキングを穿《は》いていた。それがパンティストッキングではなく、セパレート式のものだったのだ。

さらに裾をまくった。セパレート式のストッキングはストラップで吊られ、腰にラベンダー色のガーターベルトを巻いていた。ショーツは極端なTバックで桃割れに深く食いこみ、一瞬穿いていないのかと思った。剝《む》きだしの状態になっている尻丘には立体感があり、いやらしいくらい丸々と張りつめている。

「……直接、叩くの？」

鏡越しに、乃梨子が上目遣《うわめづか》いを向けてきた。ドン引きするほどエロティックなランジェリーを着けていても、表情はこわばっている。尻を直接叩かれたときの痛みを想像しているのだろう。

「怖《こわ》いなら勘弁してあげてもいいですよ」

上杉は居丈高《いたけだか》に言い放った。

「僕だって鬼じゃない。そっちに非礼を詫《わ》びる気があるなら……」

言葉の途中で、乃梨子は眼をそむけた。生身の尻は突きだしたままだった。謝る気など、毛頭ないようだった。

ならば、と上杉は右の手のひらに「はーっ」と息を吹きかけた。非礼を詫びなかったことを、後悔させてやればいい。

スパーンッ！　と生身の尻を叩くと、

「ひぃいいいーっ！」

いままでより、一オクターブ高い悲鳴があがった。スパーンッ、スパーンッ、と乾いた音を鳴らし、さらに叩いた。

「あああっ……ああああっ……」

鏡に映った乃梨子の顔は紅潮し、情けなく歪《ゆが》んでいた。いくら尻の肉が厚くても、痛みは相当なものなのだろう。しかし、それでも尻を引っこめないのだから、上杉としては叩くしかない。

スパーンッ！　スパーンッ！　スパパーンッ！

五発、六発と叩くうちに、鏡に映った上杉の顔も紅潮していった。眉を吊りあげ、眼を剝いた鬼の形相《ぎょうそう》をしていた。

しかしそれは、高慢ちきな人妻に対する怒りの表出ではなかった。女の尻を叩くことに興奮していた。勃起しきったペニスがブリーフに締めつけられ、苦しくてしようがなかった。上杉にSMプレイの経験はない。自分には無縁な性癖だと思っていたが、なるほど、女の尻を叩くのはたしかに興奮する。

おそらく、相手が高慢ちきな人妻だからだ。上杉はもともと美人なタイプより可愛いタイプが好きだった。可愛いタイプの女ならきっと、尻を叩いて興奮することなんてなかった。上杉は女をベッドで大事に扱うことを心掛けている。金で買った女にはそこまでしないが、宝石を柔らかい布で磨きあげるようにじっくりと愛撫《あいぶ》し、微に入り細を穿《うが》って性感を開発していくことに、悦びを覚える男だった。

しかし、いかにも高嶺《たかね》の花、美人の代表のような人妻が相手だからこそ、これほどまでに昂ぶってしまうのだ。

劣情、というやつなのかもしれない。彼女はただ美しいだけではなく、金持ちなだけでもなく、誘い文句を口にして男を怖じ気づかせる凄玉なのだ。

気がつけば、一ダースも平手を浴びせてしまっていた。乃梨子の丸い尻丘は左右とも真っ赤に染まっていた。叩いている手のひらにさえ、鈍い痛みがあるほどだった。

「少しは反省しましたか？」

上杉は肩で息をしながら言った。乃梨子もまた、ハアハアと息をはずませていた。美しく整った顔を歪め、体中を小刻みに震わせている様子から察するに、痛みは相当なものなはずなのに、鏡越しにこちらを睨んできた。

「わたし、生まれてから一度もしたことがないのよ……反省も、後悔も……」

意味がわからなかった。尻が真っ赤に腫《は》れあがっているのに、この女はなぜ、なおも挑発してくるのだろう。

次の瞬間、上杉はある異変に気づいた。鼻先で揺らいでいる匂いがあった。女が発情したときに漂わせるフェロモンに違いなかった。

匂いの源泉は、Tバックショーツが食いこんでいる部分だろう。つまり、上杉が尻を叩いて興奮していたのと同等かそれ以上に、彼女は尻を叩かれて興奮していたのだ。スパンキングプレイに昂ぶっていたのだ。

「あううっ！」

乃梨子の口から、いままでとは違う種類の悲鳴があがった。上杉が、Tバックショーツを引っぱりあげたからだった。

「奥さん、もしかして変態なんですか？」

クイッ、クイッ、とTバックを引っぱりながら、上杉は訊ねた。

「尻を叩かれて濡らしちゃうような、ドMなんですかね？」

鏡越しに視線を合わせようとしたが、乃梨子は顔をそむけた。

「じゃなきゃ、ご主人に放置されていて、ドレスの裾をまくられただけでも発情しちゃうくらい、欲求不満が溜まってるとか？」

乃梨子は悔しげに唇を噛みしめた。図星のようだった。上杉は初めて、彼女の弱みをつかんだ。これでマウントをとることができるかもしれない。

「答えてくださいよ」

ぎゅーっとTバックを桃割れに食いこませては、クイッ、クイッ、と引っぱりあげる。そのリズムに、乃梨子の腰は反応しはじめた。ガーターベルトが巻かれたウエストをくねらせ、肉づきのいい太腿を震わせる。

「どうなんですか、奥さんっ！」

Ｔバックを太腿までずりおろした。性器を包んでいる内側の白い布が、盛大に濡れているのが見えた。覆《おお》うものを失い、発情の匂いもにわかに強くたちこめてきた。これほど強い女の匂いを嗅《か》いだのは初めてかもしれなかった。いままで出会ったことがないくらい、彼女は性欲が強い女なのかもしれない。

4

「ねえ、奥さん……」

上杉は、赤く腫れた乃梨子の尻を撫でた。赤くなっているだけではなく、ひどく熱かった。しかし、痛々しさはまるで感じない。彼女の火照《ほて》った肌から伝わってくるのは、切羽《せっぱ》つまった欲情だけだった。

「そろそろ腹を割って話しませんか？　セックスがしたいんでしょう？　ご主人に放

置されて、熟《う》れごろの体をもてあましてるんでしょう?」

乃梨子は答えない。相変わらず、唇を噛みしめている。

「素直にセックスしてくださいってお願いするなら、もう少しやさしくしてあげますよ?」

上杉は尻の双丘を両手でつかみ、ぐいっと割りひろげた。綺麗なセピア色のアヌスの下に、やや黒ずんだ縁をもつ花びらが見えた。サイズも厚みも人並み以上のようで、巻き貝のようにくにゃくにゃと縮れながら口を閉じている。

「実はこう見えて、けっこうねちっこいセックスをするほうなんですよ。舐《な》められるのも好きですが、舐めるのはもっと好きだ。舐めてくださいって可愛くお願いするなら、舐めてあげますよ。ふやけるくらいにね」

「ペラペラとよくしゃべる男ね」

乃梨子は鏡越しに睨んできた。

「こっちはもうパンツもおろされてるんだから、好きにすればいいじゃないの。なんでも受け入れてあげるわよ。いきなりお尻を叩かれたって、文句なんか言わなかったでしょう?」

上杉は嬉しくなってきてしまった。恥部までさらけだしているのに、ここまで気が強く、プライドが高い女なんて見たことがない。

「質問に答えてくださいよ。ダンナに放置されてセックスがやりたくてしようがないって、正直に言ったらどうです」

上杉は余裕綽々《よゆうしゃくしゃく》だった。

セックスにおいて、女は簡単に男を傷つけることができる――それは事実だが、例外もある。男が自分の欲望をコントロールできる場合だ。上杉は一度、乃梨子を抱くことを断念していた。いい歳《とし》をしてセックスにトラウマを抱《かか》えるくらいなら、尻を叩いて恥をかかせてやるほうがマシだと思った。乃梨子がしおらしい態度になったなら、そのままクルマに乗せて帰るつもりだった。

だから、乃梨子の挑発などもう怖くはない。ブリーフに締めつけられているペニスは苦しくてしかたがなかったが、彼女の挑発に乗って欲望を吐きだすより、彼女を精神的に屈服させるほうが、よほど満足感を得られそうだ。

「それにしても……」

上杉は桃割れの間をのぞきこんで言った。

「顔に似合わず、ずいぶんとはしたないオマンコですね。尻を叩かれただけでびしょ濡れになるわ、びらびらは大きいわ、おまけに黒ずんでるわ……結婚する前、相当使いこんだんですか？」

「だっ、誰がっ！」

乃梨子は声を跳ねあげた。

「使いこんでるわけないでしょっ！　わたし、ミスキャンパスだったのよ。まわりのみんなに憧《あこが》れられる高嶺の花だったの」

「高嶺の花こそ、モテモテだからオマンコ使いこめるでしょ？」

「あなたは間違ってる。やりまんの噂《うわさ》がある女に、男は絶対憧れない」

「本当ですか？　さっき、夫が浮気してるんだから、貞操なんて守ってられないって言ってたじゃないですか？　遊んでる匂いがぷんぷんしますよ」

「そっ、それは……」

乃梨子は唇を震わせた。

「売り言葉に買い言葉よ。浮気なんかしたことないし」

「信じられないなあ」

上杉は猜疑心《さいぎしん》たっぷりの笑みを浮かべながら、桃割れに指を忍びこませていった。花びらに直接触れる前からねっとりした湿り気が指にまとわりつき、淫《みだ》らな欲望を伝えてくる。

「あぁっ……あぁあっ……」

桃割れの間で指のうごめきを感じ、乃梨子の眉尻がさがっていく。いまにも泣きだしそうな顔になり、指が花びらに触れた瞬間、喜悦《きえつ》を嚙みしめるようにぎゅっと瞼《まぶた》を閉じた。

「素直になれば、こんなことしてもらえるんですよ」

表面まですっかりヌメッた花びらを、指でやさしくいじりまわした。合わせ目がほつれると奥から大量の蜜《みつ》があふれ、凹《くぼ》みで指が泳ぐようになるまで時間はかからなかった。

「なに黙ってるんですか？」

上杉は、ピチャピチャと音をたてながら言った。

「オマンコしてくださいってお願いしないなら、もう帰りますよ。こう見えて、そんなに暇《ひま》じゃないんだ」

「そっ、そんな汚らしい言葉、言えるわけが……」

「ハハッ、どの口が言うんですか？　さっき、しゃぶるのしゃぶらないの言ってたじゃないですか」

「いいから抱きなさいよ！」

乃梨子は涙眼で叫んだ。

「あなただって勃起してるでしょ？　見えてるのよ、ズボンの前、もっこりふくらませてるの」

「単なる生理現象ですよ。はっきり言って、奥さんは僕の好みじゃない。僕は可愛いタイプが好きなんだ。奥さんが可愛くなるように努力するっていうなら、交渉に応じてもいいですがね」

凹みを指先でヌプヌプと穿つと、

「くっ、くぅうーっ！」

乃梨子は首に筋を浮かべて身悶《みもだ》えた。

「奥さんみたいな高慢ちきなタイプはね、オマンコするんじゃなくて、こうしてやりたくなるんです」

上杉は右手で女の花をいじりながら、左手でスパーンと尻を叩いた。

「ひぃいいいいーっ！」

しばらくインターバルがあったせいだろう。真っ赤に腫れあがった尻丘を叩かれた乃梨子は、絹《きぬ》を裂くような悲鳴をあげた。

「そらっ！　そらっ！　こうしておしおきしてやりたくなるんだ。あんたみたいに躾《しつけ》がなってない女はっ！」

スパーンッ！　スパパーンッ！　と尻を叩く。だが、先ほどまでとは違い、剝き身の花をいじりながらだ。乃梨子はスパンキングの衝撃に悲鳴をあげながらも、腰をくねらせている。指を少しでも深く咥《くわ》えこもうと、大胆に尻を突きだしてくる。

お望み通り、上杉は指を深々と咥えこませてやった。上壁のざらついた部分──Gスポットをひと押ししてから、すうっと抜いた。

「いっ、いやあああっ……」

乃梨子が鏡越しに、やるせない顔を向けてくる。

「ぬっ、抜かないでっ……」

「抜かないでください、でしょ」

「ぬっ、抜かないでっ……くださいっ……」

最後のほうは消え入りそうになっていたが、ついに敬語を引きだした。

「指じゃなくて、もっと太いものがほしいんじゃないですか？」

乃梨子は眼を泳がせつつも、コクン、とうなずいた。

「口に出して言ってくださいよ」

答えない。

「じゃあ、帰りますよ」

上杉は終了の合図とばかりに、最後に思いきり尻を叩いた。乃梨子は声を嚙み殺し、両脚を激しく震わせた。発情しすぎて、もはや痛みすら快感になっているのかもしれない――そんな感じが伝わってくるような、脚の震わせ方だった。

「……してください」

乃梨子はうつむき、震える声で言った。

「セックス……したいです……」

「ふふっ、ようやく素直になってきましたね」

上杉は、再び桃割れに指を忍びこませていった。手のひらを上に向け、今度のターゲットはクリトリスだ。淫らなほど蜜にまみれた花びらの合わせ目で、ひらひらと指を動かした。

「あああーっ！」

乃梨子が、ぶるぶるっ、ぶるぶるっ、と逞《たくま》しい太腿を震わせる。

「こんなふうに、素直になればいいことがありますよ。でもね、奥さんはまだ、素直になりきれてない。鏡越しにしっかりこっちを見て、なにをどうしてほしいのか、はっきり言うんだ」

クリトリスに一定のリズムで刺激を送りこみながら、スパーンッ、と尻を叩く。女が絶対に口にしてはならない言葉を、人妻の口から引きずりだそうとする。

「ゆっ、許してっ……ください っ……」

「許すも許さないもないですよ。言わないなら帰るだけだ」

「あああっ……」

乃梨子は顔をあげ、鏡越しにくしゃくしゃになった顔を向けてきた。

「オッ、オマンコッ……したい……」

言った瞬間、乃梨子の眼からは大粒の涙がこぼれ、頬を伝って顎《あご》まで流れていった。

富裕層の美人妻は、泣き方までも美しかった。

「もっと可愛い言い方で言えないんですか?」

「オッ、オマンコにっ……オチンチン、入れてっ……くださいっ……」

「誰のオマンコに?」

「わっ、わたしの……」

「奥さん、名前ないんですか?」

「のっ、乃梨子のっ……オッ、オマンコッ……」

「乃梨子のいやらしいオマンコでしょ」

上杉は言いながら、左手の中指を肉穴に深く埋めこんだ。トロトロに蕩《とろ》けた肉ひだをやさしく攪拌《かくはん》しながら、Gスポットを探りだした。右手では、クリトリスを刺激しつづけている。恥丘を挟んで外側からと内側から、女の急所を挟み撃ちしてやる。

「あああっ……はぁあああっ……」

乃梨子は激しく身をよじり、涙の粒をボロボロとこぼした。

「のっ、乃梨子のっ……乃梨子のいやらしいオマンコにっ……上杉さんのオチンチン入れてっ……ずっぽり突っこんで、めちゃくちゃに突いてくださいっ……」

「やればできるじゃないですか」

上杉は満面の笑みをこぼした。

「でも奥さん、チンポなんか入れなくても、指だけでイッちゃいそうですよ」

「いっ、いやっ……オチンチンがっ……オチンチンがいいっ……」

「オマンコが締まりすぎて、指が抜けなくなってるんですよ」

肉穴に埋めこんだ指を鉤状《かぎじょう》に折り曲げ、指先をGスポットに引っかけながら、抜き差しを始める。同時に、クリトリスへの刺激も強めてやると、失禁したように蜜があふれだし、震えのとまらない内腿に垂れていった。

「はっ、はぁううぅーっ！　いっ、いやっ！　イッ、イッちゃうっ……そんなにしたら、イッちゃいますっ！」

黒髪のショートボブを振り乱して首を振る。乃梨子はもはや、絶頂モードに入っていた。絶え間なく涙を流しながら、欲情の海に溺《おぼ》れていく。

トドメとばかりに、上杉はセピア色のアヌスを舐めてやった。これで、女の急所、三点同時攻撃である。金持ちを鼻にかけた生意気な人妻も、そうなれば手も足も出ない。ペニスをねだることも忘れて、淫らなまでに身をよじる。

「はっ、はぁううう｜っ！　イッ、イクッ……もうイッちゃうっ……がっ、我慢できないっ……」

ビクンッ、ビクンッ、と腰を跳ねあげて、乃梨子はオルガスムスへの階段を一足飛びに駆けあがっていった。

第二章　掃きだめの天使

1

上杉が父親から引き継いだ不動産屋は荒川のほとりにある。

いわゆる海抜ゼロメートル地帯で、低層な家ばかりが軒《のき》を連《つら》ねている下町だから、東京スカイツリーがよく見えた。もうずいぶんと慣れたけれど、できたばかりのころは見るたびに不愉快な気分になった。格差社会の象徴のようなものだからだ。

東京には下町がふたつある。江戸城の城下町に端を発する日本橋や浅草は、城下町という呼び名からきている下町であり、いまも東京の中心、あるいは東京を代表する観光地として栄えている。

しかし、上杉が商《あきな》いをしているのは正真正銘のダウンタウンで、景気のいい話なんて聞こえてこない。むしろ、誰それが借金から逃げるために蒸発しただとか、首を括ったとか、身寄りがなくて孤独死だとか、耳を塞《ふさ》ぎたくなるような話ばかりが聞こえてくる。

とはいえ、今日ばかりは東京スカイツリーを見上げても、不愉快な気分にはならなかった。花冷えの冷たい風に吹かれながら店の前に突っ立って、五分以上も眺めていた。

地べたを這《は》いずりまわるようにして生きている上杉から見れば、渡瀬夫婦はさしずめ東京スカイツリーのようなものだろう。その妻を寝取り、精神的に屈服させた満足感は、一昼夜が過ぎても上杉の胸に残り、頬をだらしなくゆるませた。

Gスポットとクリトリスに指責めを受け、おまけにアヌスまで舐めまわされた乃梨子は、あられもなくゆき果てた。その前には、オマンコのごとき薄汚い言葉まで言わせることに成功し、屈辱の涙をたっぷりと絞《しぼ》りとってやった。

もちろん、言わせたからには責任をとり、立ちバックの体勢のまま乃梨子を貫《つらぬ》いた。抱かなくてもかまわないと、上杉は思っていた。欲望をコントロールすることでマウントをとることができたわけであり、抱いてしまえばこちらの弱みを握られてしまうリスクもあったが、泣きながらセックスをねだらせることに成功したので、あとから下手だの短小だのと罵《のの》しられても平気だろうと判断した。

抱いてびっくりした。

体の相性が驚くほどよかったのである。結合感が抜群で、腰を振りながら何度も射精を我慢しなければならなかった。上杉はもともと遅漏気味なので、こんなに早く出してしまってはもったいないと思うなんて珍しいことだった。ゴールを引きのばしながら三十分近くも突いていたので、乃梨子はその間に、数えきれないほど絶頂に達した。たぶん、十回はイッたと思う。

最後は発情のあまり立っていられなくなり、しゃがみこんでしまった乃梨子の口唇に、ペニスを咥えさせた。そのまま発射した。いまのいままで自分の中に入っていて、愛液でドロドロになったペニスをしゃぶらされるなんてけっこう屈辱的なプレイだと思うのだが、連続絶頂で眼の焦点が合っていなかった乃梨子は、忘我の境地で吸いしゃぶってくれた。唇や舌の感触も極上だったので、射精した瞬間、上杉は雄叫《おたけ》びをあげてしまった。

終わっても、お互いにしばらく動けなかった。ベッドまで歩いていくことさえできず、床にあお向けで倒れていた。乃梨子は綺麗なドレスが皺になるのもかまわず、上杉に身を寄せてきた。

「こんなの……こんなにすごかったの、わたし、初めて……」

せつなげに眉根を寄せてささやいてきた。呼吸が整っても、瞳はまだ潤《うる》んだままだった。それはこっちの台詞だと返し、抱き寄せてやってもよかったが、照れくさくてできなかった。本当はセックスのあとにイチャイチャするのが大好きな上杉だったが、さすがにそれではキャラの一貫性がとれなくなってしまう。尻を叩いたり、恥ずかしい言葉を言わせたり、泣くまで責め抜いておきながら、いきなり甘い台詞をささやくのには無理があった。

「また会ってもらえますよね？」

頬にキスをされながらささやかれても、にわかに返事はできなかった。上杉にしても、もちろんまた会いたかった。乃梨子のドレスを脱がせることなく射精まで突っ走ってしまったが、丸裸にして体中ねちっこく舐めまわしたかった。得意の舌技だって、ちょっとアヌスを舐めたくらいで、全然本気を出していない。クンニでたっぷり悶《もだ》え泣かせたあと、あらゆる体位でまぐわってみたかったが……。

彼女は人妻なのである。

それも、富裕層の妻だ。

もし夫の龍太郎にバレたりすれば、大がかりな弁護団を組織され、社会的に抹殺《まっさつ》されたりするのではないだろうか。それを考えると、慎重にならざるを得なかった。一度限りのあやまちで終わらせておけばそうそうバレることもないだろうが、セフレとしての付き合いが始まってしまえば、リスクは一気に跳ねあがる。

「申し訳ないですが……」

上杉は乃梨子と眼を合わせずに言った。

「お互い、いまのことは忘れましょう。奥さんはこの家を買うつもりがないようだし、二度と会うこともないでしょうから……」

「そんな冷たいこと言わないでよ。今度はベッドの上で、たっぷり可愛がってほしいの。立ちバックだけであんなにイカされちゃったんだから、ベッドの上でとなると……想像するだけで眩暈《めまい》がしそう」

乃梨子は甘えた顔で、チュッ、チュッ、と頬に何度もキスをしてきた。彼女はキャラの一貫性などとっくに放棄していた。セックスをする前としたあとで人間関係が変わるのはよくあることだが、人格が変わりすぎだ。

「いや、しかし……なんというか、こう見えてけっこう仕事が忙しいんですよ。貧乏暇なしっていうやつです。いい歳してまだ独身なのは、恋人をつくる暇さえないからで……」

「仕事を頼めばいいわけ？」

「はっ？　マンションでも買ってくれるんですか？」

「不動産は無理だけど……」

乃梨子はまなじりを決して見つめてきた。

「夫の浮気の証拠を押さえてほしいのよ。ホテルに入るところとか、写真に撮ってもらえれば……」

「僕は街の不動産屋で、探偵じゃないんですが……」

「何日か尾行すれば、すぐに尻尾を出すはず。あの人、コソコソするのは男らしくないって思うタイプだから、若い彼女の前で尾行を気にしたりしないだろうし」

「そんなこと言われても、ド素人には無理ですって」

「わかった」

乃梨子は体を起こし、バッグからなにかを出した。帳面のようなものになにやらさらさらと書きこむと、一枚を切って渡してきた。

小切手だった。額面は三百万円。

「先に報酬を渡しておく。自分じゃ無理だと思うなら、このお金で下請《したう》けに仕事を出せばいいでしょう？」

上杉は唖然とした。金持ちというのは、めちゃくちゃな発想をする人種なのだと思い知らされた。

不動産業者が物件を扱って得られる仲介手数料は、ざっくり言って取引価格の三パーセント。つまり、一億円の戸建てを売れば儲けが約三百万。正確には、売り主と買い主の双方から三パーセントずつとれるし、他の不動産業者と共同で商いをすることも少なくない。とはいえ、三百万という額は、不動産屋にとって一億円の物件を商ったときの手数料と同じインパクトなのである。

それに……。

乃梨子が夫の浮気の証拠が欲しいという裏には、保身の意味も込められている気がした。万が一、上杉との関係が夫にバレた場合、先に浮気をしていたのはそちらのほうではないかと、動かぬ証拠を突きつけることができる。つまり、乃梨子は本気で、自分との関係の継続を望んでいるわけだ。

「また金で解決ですか……」

上杉はわざとしらけた風情で、小切手をひらひらと揺らした。はっきり言って、喉《のど》から手が出そうなほど欲しい金だった。三百万あれば、十年落ちの営業車から新車に乗りかえることができる。いい年して実家暮らしも格好が悪いし、引っ越しの初期費用にすることだって……。

「違うの、そうじゃないの」

乃梨子は再び身を寄せてくると、すがるような眼で見つめてきた。

「仕事は仕事、あなたとの関係は関係。それはほら、買う気もないのにこの家の内覧を頼んじゃったお詫びも込めて……」

上杉は乃梨子の顔をじっと見ていた。瞼がピクピクしていた。この女は嘘をつくとき瞼をピクピクさせるのだな、と記憶に刻《きざ》みこんだ。

「あのね、もう言っちゃうけど、あなたの言った通りなの」

「なにがです？」

「だからその……夫に浮気されて欲求不満っていうのが……」

「他にセフレはいないんですか？」

「意地悪ばっかり言わないでよ！」

乃梨子は顔をくしゃくしゃにして涙を流した。

「あなたが可愛い女が好きだって言うから、可愛い女になってお願いしているのに、どうしてそこまで冷たくするの？　自分に罪はまったくないわけ？　あんなすごいセックスで女を狂わせて、たったの一回でポイ捨てにする気？　わたし嘘言ってないわよ。あなたのセックス、本当にすごかった。今日家に帰ったら、わたしは絶対、オナニーする……でもね、次に会うことを考えてするオナニーは満足感が高いけど、二度と会えない男を思ってするオナニーは哀しいものなのよ。あなたがとことん拒《こば》むなら、わたしは今夜、自分の指でイッたあと泣くでしょう。ねえ、可哀相《かわいそう》でしょ？　わたしって、可哀相な女じゃない？」

「……わかりましたよ」

上杉は溜息まじりにうなずいた。

「探偵仕事も引き受けるし、近いうちにまたセックスしようじゃないですか。でも、覚悟しといてくださいよ。次は今日以上に、骨抜きにしてやりますから」

乃梨子は上杉の腕にしがみつくと、うん、うん、と何度もうなずいた。涙はとまっていなかったが、いま流しているのは嬉《うれ》し涙だろう。

上杉は自分の言動に内心で苦笑していた。

どうして彼女の望みを叶《かな》えることにしたのだろう？

金のためではなかった。たしかに金は欲しかったが、貧乏暮らしには慣れている。それでは、乃梨子のキャラが変わったからか。金持ちを鼻にかけた高慢ちきな人妻から、しおらしく、健気《けなげ》な女になったからだろうか。

たぶん、そのせいでもない。

乃梨子の必死さに圧倒されたからだった。誰がなんと言おうと欲しいものは欲しいと主張する態度は、駄々《だだ》をこねる子供のようだったが、逆に感心してしまった。これが金持ちの世界なのかもしれないと思った。自分はこれまでの人生で、これほどまでに必死になってなにかを求めたことはない。そして、求めなければ、どんなものだって手に入れることができないのが世のことわりだろう。

たかがセックスだった。それも、恋愛感情もなければ、結婚などまったく視野に入っていない純粋な肉体関係――それでここまで必死になれるのなら、他のものにはもっと必死に、それこそ死に物狂いで執着《しゅうちゃく》しているに違いなかった。

だからこそ、彼女は富裕層なのである。そして、何事にも必死になれない上杉は、地べたを這いずりまわって生きている。

2

その日の午後、仲元彰良《なかもとあきら》が上杉の店にやってきた。大学時代からの友人で、現在は高円寺に小さな探偵事務所を構えている。

「悪いね、遠くまでわざわざ」

上杉は来客用のソファを勧《すす》めた。父親の代から使われている年代物だが、座り心地は悪くない。

「仕事の話なら、近いも遠いもあるもんかい」

仲元はソファに腰をおろすと、断りもなく煙草《たばこ》に火をつけた。もちろん店内は禁煙だったが、上杉はしかたなく灰皿がわりの空き缶を渡した。

いささか癖《くせ》の強い男だが、上杉とはウマが合った。お互いに、仕事を父親から引き継いだという共通点がある。時期も似たようなものだったので、三十歳過ぎてから下積みを始めた苦労を知っている。

仲元をわざわざ呼びだしたのは、渡瀬龍太郎の浮気の証拠をつかむためではなかった。そちらの尾行は、上杉がまずやってみることにした。乃梨子から龍太郎の事務所の所在地は聞いてある。相手はアルバイトで雇《やと》っている女子大生らしい。ならば、ド素人でも尾行できるような気がしたし、プロを雇うのは自分ひとりでは難しいと判断してからでも遅くなかった。

「恐ろしい美人だな……」

仲元は、上杉から受けとった資料の紙を見て言った。インターネットのホームページからプリントアウトしたものだ。スーツ姿の乃梨子の写真が載《の》っている。

「実物はそんなもんじゃない。俺が会ったときは、露出度高めのドレス姿だったしな。レッドカーペットの上でも歩きそうな勢いだったぜ」

「へええ。それにしても、肩書きが笑える」

「そうなんだよ」

上杉はゆうべ帰宅すると、乃梨子について早速ネットで検索した。彼女でなくても、初対面の人物はたいてい検索することにしている。

名前を入力すると、すぐにヒットした。乃梨子は専業主婦ではなく、仕事をもっていた。カルチャースクールの講師――そのホームページによれば、年齢は上杉のひとつ上の三十六歳で、もともと心療内科の女医らしい。そして現在、カルチャースクールで「モテ講座」を開いている。いったいなんのことかと詳細を確認すると、恋愛指南というか、婚活応援というか、要するに女にモテない男を集めて、モテる方法を伝授してくれるという。

「こんなもの、いったい誰が受講するんだろうな？」

「意外と人気あるみたいだぜ。下ネタを連発するから」

「下ネタ？」

「だからその、ハウ・トゥ・セックスみたいなことだよ。女が悦ぶセックスは、こんなやり方です、みたいな」

「ダハハハッ」

「美人があけすけにセックスを語るっていうんで、妻子もちのおっさんまで受講してるっていうから笑ったけどさ」

「それで、彼女のなにを調べればいいんだ？」

「ああ……」

上杉は声のトーンと落とし、身を乗りだした。

「まあ、素行調査だな。毎日なにをやっているのか、まわりの評判がどうなのか、そういうことが知りたい。カルチャースクールだけじゃなくて、近所の人とか、元同級生とか……大切な商談相手なんだ。でかい物件を買ってくれそうなんだが、ダンナは気に入っているのに、彼女が反対している」

「理由は？」

「物件の場所が、千葉のド田舎なんだ」

「いまどこに住んでるんだい？」

「ウォーターフロントの高層マンション。天下の港区民だからなあ、たしかに落差は激しいんだけど……」

「見るからに都会の女だぜ。おまけにダンナは金持ち……突然田舎に引っこんで畑とか耕《たがや》すやつに、金持ちはいねえよ」

「そりゃそうなんだけど、そこをなんとか、セカンドハウスでもなんでもいいから買ってほしいんだよ。そのための蟻《あり》の一穴が、どうしても必要なんだ」

渡瀬夫婦にあの家を売ることは、半《なか》ば諦《あきら》めていた。実際に蟻の一穴でも見つかれば話は別だが、都会暮らしに執着している乃梨子の意志を揺るがすのは、そう簡単ではないだろう。

それでは、なぜプロの探偵に乃梨子の素行調査を依頼するのか。

人妻とセックスフレンドとして継続的肉体関係をもつ——一緒に危ない橋を渡る以上、相手をよく知ることは必要だった。わかっているのが、富裕層の経営コンサルタントの妻ということだけでは、いかにも心許《こころもと》ない。

たかが不倫でなにを大げさな、と笑いたければ笑えばいい。ここは慎重になったほうがいいはずだった。幸いというべきか、乃梨子を調査する費用は彼女自身から出ているので、こちらの懐《ふところ》は痛まないし……。

乃梨子のことはとりあえず仲元にまかせ、上杉はその日の夕方から、龍太郎の尾行をすることにした。

店を早めに閉めて向かった先は渋谷区恵比寿。西口の駒沢通り沿いにある全面ガラス張りの洒落たオフィスビルの中に、龍太郎の経営するコンサルティング会社は入っている――乃梨子からそう伝えられていた。

駒沢通りを挟んで反対側の歩道をうろうろしながら、ビルのエントランスを見張った。所在がなく、ひどく気分が苛立《いらだ》った。もともと、待つのが苦手な性分だった。行列のできるラーメン屋に並ぶくらいなら、カップラーメンで充分だと思うほうなのだ。

昼間、仲元にさりげなく訊ねてみた。張りこみをしていて手持ち無沙汰《ぶさた》のとき、どうやって気をまぎらわし、時間を潰しているのか。

落語を聞く、と仲元は言っていた。音楽はもちろん、ラジオの深夜放送から英会話講座までいろいろ試してみたらしいが、見張りには落語がいちばんフィットするらしい。そのときはなるほどと思ったし、上杉のiPhoneでも落語くらい聞けるだろうが、とてもそんな気にはなれなかった。

一時間が経《た》ち、夜の帳《とばり》がすっかりおりると、我慢もいよいよ限界に達した。仲元とは別の探偵業者に頼むしかないかと思っていると、オフィスビルのエントランスから龍太郎が姿を現した。

女と一緒だった。上杉は駒沢通りを挟んで反対側の歩道にいた。遠目からでも、女が若いことははっきりわかった。

龍太郎と女は、駅を背にして歩きだした。上杉は信号を渡り、尾行を開始した。心臓が早鐘《はやがね》を打っていた。龍太郎の姿を見た瞬間、無為に過ごした一時間が報《むく》われた気がした。いや、くじ引きに当たったような歓喜さえあった。この気分の高揚《こうよう》を得るために、探偵は尾行をしているのかもしれないと思った。

龍太郎と女は、駒沢通りから一本裏道にある店に入った。ワインバーのようなところだった。路上で待つのはうんざりしていたので、上杉も少し間を置いてから入った。ハンチングと伊達《だて》メガネで変装していたし、服もスーツではなくブルゾンにジーンズにしたので、昨日会った不動産業者とは気づかれないはずだった。

窓際のテーブル席に座った龍太郎たちからはなるべく離れ、上杉はカウンター席に陣取った。まだ時間が早いせいだろう、店内は空いていて、十以上あるテーブル席についているのは、龍太郎たちを含めて三組だけだった。

会話が聞きたくても、これではさすがに近づけない。もっとも、会話など盗み聞きしなくても、ふたりが男女の関係であることは見ただけでわかった。

龍太郎と若い女は向かいあうのではなく、隣りあわせで座り、龍太郎はずっと女の手を握っていた。いい歳してよくやるよ、と上杉は思ったが、龍太郎はそういうことが絵になる男だった。映画のワンシーンでも見ている気分になった。そういえば、昨日は初対面の自分の前で、乃梨子の肩をぐっと抱き寄せていた。ただの金持ちではなく、生粋《きっすい》の女たらしなのかもしれない。

龍太郎たちはグラスワインを一杯ずつ飲んだだけで、早々に店を出た。レストランに予約でもしているのかと思ったが、そうではなかった。ワインバーから五十メートルと離れていないラブホテルに入っていった。

ラブホテル……。

上杉はなんだか鼻白《はなじろ》んでしまった。アウディを乗りまわし、恵比寿の一等地にオフィスを構えている男にしては、ずいぶんと安っぽい。誰がどこでセックスしようが勝手だが、女に飯さえ食わせないで、いきなり路地裏のラブホとは……。

上杉はその並びにあるモツ焼き屋に入り、ホッピーを頼んだ。先ほどの店で飲んだ赤ワインの味がまだ舌に残っていた。おかげで、いつも愛飲しているホッピーがやたらとチープな味に感じられた。適当にモツを注文してから、iPhoneで成果を確認した。ぶっつけ本番の盗撮だったが、龍太郎と若い女が手を繋《つな》いでラブホテルに入っていくところはばっちりと撮れていた。

探偵のほうが天職だったかもしれないな、と思いながらホッピーを飲んだ。すぐにジョッキが空になってしまい、焼酎だけを追加注文した。ひどく気分がささくれ立っていた。仕事は完璧にこなしたと言っていい。プロの探偵に頼めば数十万の報酬を要求されることを、たったひとりでやり遂げたのだから、少しは満足してもいいはずだった。

なのに満足感からは程遠く、二杯目のホッピーもあっという間に空になった。飲むほどに、酔うほどに、苛立ちは募《つの》っていくばかりだった。

理由ははっきりしている。

龍太郎の連れていた女のせいだ。不倫、浮気、愛人というワードがまったく似合わない、驚くほど清純なタイプだった。

小柄で細身――身長はおそらく一五五センチに満たず、体重も四十キロ台のはずだ。セミロングの黒いストレートヘアはキューティクルでキラキラと光って、後ろ姿からでも若さが伝わってきた。色が白く、透明感がすごかった。顔がひどく小さくて、体にはまだ厚みがない。バストもヒップも発展途上という感じだが、そのかわりとびきり清潔な裸身をしているに違いなかった。

コンサルティング会社でバイトしているせいだろう、あまり似合わない黒いスーツを着ていたけれど、普段はパステルカラーの服を着てキャンパスを歩いているのではないだろうか。そういう服が似合いそうだった。

上杉は鬼の酒盛りのようにホッピーを呷《あお》りながら、iPhoneの画面に映った若い女を見つづけた。

見れば見るほど、好みのタイプだった。美人度で言えば、乃梨子のほうがはるかに上なのだが、彼女には乃梨子にはない可愛らしさがあった。上杉は決してロリコンではない。女は若ければ若いほどいいなどと思ったことは一度もないが、若さは正義なのかもしれないと初めて思った。

その正義が穢《けが》されていた。

いまこのとき――上杉が五杯目のホッピーを頼んだ瞬間にも、龍太郎が彼女の清潔な体をまさぐっているはずだった。一緒にラブホテルに入ったのだから、他にすることはない。それを思うと、いても立ってもいられなくなっていくばかりだった。

3

翌日、上杉は仕事を休んだ。

定休日でもないのに店を開けずに向かった先は、池袋のカラオケボックスだ。

龍太郎の浮気相手である女子大生の簡単な情報は、乃梨子から得ていた。

戸田未央《とだみお》、二十一歳、現在池袋にあるR女子大の三年生……。

これから、さらに詳細な情報を得るためにある人物に会う予定になっている。

「どうもー、あたしチャヤマですけど、この部屋でいいんですよね？」

待ち合わせの時間から五分ほど遅れて、彼女は現れた。薄汚い茶髪に、肌荒れの目立つ丸顔の少女だった。「チャヤマ」というのはネット上で使っているハンドルネームで、本名は知らない。

「ホントに話をするだけでお金くれるんですか？」

チャヤマはソファの上であぐらをかくと、コーラのグラスに差したストローでガチャガチャ氷を搔《か》き混ぜながら訊ねてきた。びっくりするほど行儀が悪かった。

「ああ、約束は守る。先に払ってもいい」

上杉が一万円札と五千円札を一枚ずつテーブルに置くと、チャマは満面の笑みを浮かべてそれをブランドものの大きな財布にしまった。そんなものを買うために体を売っていると親が泣くぞと思ったが、もちろん口にはできない。

上杉はゆうべ、八時間もパソコンの前に張りついていた。援助交際の売り手と買い手が集っている掲示板をはしごして、ある条件に合う女を探した。R女子大に在学中、できれば三年生……もちろん、未央についての詳しい情報を得るためだ。

R女子大はいわゆるお嬢様学校として知られているところだが、だからといって援交をしている女がいないわけではない。むしろそういうところに通っているほうが、服や持ち物で見栄を張らなければならないぶん、現金を必要としている者は多いという噂もあった。

チャマは自分の体に、ホテル代別で一万五千円の値段をつけていた。相場よりやや安めの価格設定だった。会ってみて理由がわかった。ブスとまでは言わないが、可愛いとはもっと言えない。未央に感じた若さという武器を、チャマはまったく使いこなせていなかった。彼女の場合、若さが小便くさく感じられ、恋愛の対象として見ることなんてとてもできそうもない。

「戸田未央ちゃんについて知りたいんですよね？」

「ああ」

「なにかの事件がらみとか？」

「いや、そういうわけじゃない。実家に信用調査が入っていて、念のため娘さんについてもちょっと調べてるだけなんだ。問題なければ、それでいい」

「大変なんですねえ、探偵さんも」

素行調査をする都合上、上杉は探偵を名乗っていた。

「ちょっと調べるためだけに、わざわざこんなふうに会いにきたりして」

「どういう感じの子なんだい、彼女」

「普通の子ですよ……正直、話すようなネタなんてないんですよねえ。仲いいっていうのは嘘じゃないですよ。未央ちゃんがそういう子なの」

「つまり、ごく平凡な……」

「そう。平凡で目立たなくて内気で真面目」

上杉は内心で首をかしげた。内気で真面目なのはいいとして、昨日、恵比寿の路上で見かけた未央は、平凡でも目立たないタイプでもなかった。はっきり言って、目の前にいる茶髪の女より、何百倍も輝いていた。ただし、それは中年男からの目線であり、同世代の女の中ではそういうふうに見えるものなのかもしれない。

念のため、未央の画像を確認してもらった。昨日撮影したものだが、もちろん龍太郎の姿はトリミングでカットしてある。

「この子だよね？」

「そうですよ」

「平凡で目立たなくて内気で真面目……」

「嘘じゃないですって」

「たとえば、彼氏なんかいるんだろうか？」

「いないんじゃないですかねえ。ってゆーか、あの子まだ処女かもしれない。そういう話になると、真っ赤になって下向いちゃうし」

「なるほど……」

「バイトが忙しくて、恋愛どころじゃないんじゃないかな」

「と言うと？」

「なんかいつもバイト掛け持ちしてるんですよねー。ここだけの話、あんまり仕送りしてもらってないんじゃないかなあ。実家が貧乏っていうか」

「実家はたしか……」

「北海道でしょ。北海道のどこか知りませんけど。ってゆーか、探偵さん、実家の信用調査の流れで、未央ちゃんのこと調べてるんじゃないんですか？」

「いや、まあ、そうなんだけど……」

上杉は笑って誤魔化した。チャマにしても誤魔化されて困ることはなにもないので、上杉に釣られてヘラヘラ笑った。

「どんなバイトしてたんだろう？」

「ウエイトレスとかじゃないですか。前にマックで働いてて、すぐにやめたらしいですけど。ああいうところってほら、出会いの場になってるじゃないですか。コクられたりするのが面倒くさかったみたいで……」

グラスのコーラはとっくになくなっているのに、チャマはまだしつこくずるずる音をたててストローを吸っている。

「お金に困ってそうだから、あたし、よっぽど援交のやり方教えてあげようかと思ったんですよ。でも、その話聞いてやめました。この子、向いてないなって」

それ以上、情報を引きだせそうもなかったし、なによりストローをずるずる吸う音が不快だったので、チャマにはお引き取り願った。会ってから、まだ十分と経っていなかった。チャマは効率よく稼げたことに気をよくしたようで、ニヤニヤと不潔な笑みを残して去っていった。

「……ふうっ」

ひとりになった部屋で、上杉は太い息を吐きだした。

援交掲示板で知りあった女の話をどこまで信用していいか、難しいところだった。少なくとも、それほど仲よくないのに、仲がいいふりをしているのはあきらかだった。しかし、だからといって、すべてが嘘とも思えない。嘘をついてチャマが得することなどなにもないからだ。

とくに、バイトをいくつも掛け持ちしているとか、作り話にしては妙にリアルだった。つまり、未央は金に困っている。あの年で借金を背負っているということはないだろうから、やはりチャマが言うように、満足な仕送りを受けていないと考えるのが妥当《だとう》なところだろう。

それにしても金か……。

金の力で女をものにしようとする男はどこにでもいるし、そういう男に体を許してしまう女だって佃煮《つくだに》にしたくなるほど存在する。

しかし、未央のようなタイプに援交じみた行為は似合わない。いや、援交なんてしてほしくない。もし龍太郎からバイト代以外の金を受けとっているなら、援交どころか愛人である。愛人とは、つくづく皮肉なネーミングだ。そこに愛など欠片《かけら》もないのだから……。

せめて愛があってくれたなら、不倫であろうが許せるような気がした。たとえ未央が好みのタイプのド真ん中でも、彼を愛しているのだと言われれば、そうですかと引きさがるしかない。

愛があるのなら、眼をつぶってもよかった。上杉はすでに、浮気現場の証拠写真を押さえるという仕事を終えている。あとはそれを乃梨子に渡せばいいだけで、未央がどうなろうが関係のない話なのだ。

しかし、龍太郎は仕事帰りにワインを一杯引っかけただけでラブホテルに未央を連れこむし、未央は未央で金をもらうことでそんな立場に甘んじている。金持ちは金の力で若い女の体をむさぼり、女は若さを切り売りして糊口《ここう》を凌《しの》いでいる。建設的なことがなにひとつない、砂漠のような関係……。

ふたりが手を繋いでラブホテルに入っていく後ろ姿を思いだすと、叫び声をあげたくなった。

そんなことをしていてはいけない、と。

キミはそんなふしだらな女じゃないだろう、と。

4

上杉は池袋のサウナで時間を潰し、夕方になると恵比寿に向かった。龍太郎の会社の入ったオフィスビルの前で、二日連続で張りこみを行なった。

今夜がどんなデートコースになろうとも、未央がひとりになるまでいつまでも尾行を続ける覚悟だった。とにかく、彼女と話がしてみたかった。幸いなことに、彼女はひとりでビルから出てきた。さすがの龍太郎も、二日続けてラブホテルとはならなかったらしい。

時刻は午後六時を少し過ぎたところ。昨日と同じようにあまり似合わない黒いスーツに身を包んだ未央は、JR山手線で池袋駅まで行き、西武池袋線に乗りかえて、三つ目の江古田駅で降りた。学生街なので飲食店が充実しているし、単身者用の賃貸住宅も豊富で、ひとり暮らしに向いているところだ。池袋にある大学に通っているなら、交通の便もいい。

未央は賑やかな駅前を足早に抜けて、住宅街に入っていった。あたりが薄暗く、静かになっていくほどに、上杉の鼓動は乱れた。どう考えても、自分がいまやっていることはストーキングであり、まさか自分がそんな真似《まね》をするようになるとは、夢にも思っていなかった。

ストーキングが犯罪行為であることは言を俟《ま》たない。しかし、ストーカーがニュースでとりあげられるたび、上杉は思っていた。この男にはどうしても尾行しなければならない理由があったのだ……それを考えると、いつだって少し淋しい気分になったものだ。

ストーカーのごとき、狂おしいほどの執着心など上杉はもちあわせていないからである。人並み程度に恋愛経験はあるつもりだが、夜も眠れないほど誰かに恋い焦がれたことなんて一度もない。

だが、いまは未央のあとを尾行している。口をきいたこともない女だが、尾行をすべき理由がたしかにあるような気がする。サウナで汗をかきながら考えても、理由をうまく整理できなかったが、彼女と話がしたいという衝動をどうしても抑えることができず、こんな犯罪まがいのことをやっている。

未央が建物の敷地に入っていったので、上杉は足をとめた。築四、五十年は経っていそうな、昭和の匂いのする木造アパートだった。下手をすれば風呂なし物件で、銭湯通いが必要かもしれない。

警戒心が働いた。彼女は金に困っているようだが、いくらなんでもこんなところに女子大生が住んでいるだろうか。となると、誰かを訪ねてきた可能性がある。このアパートに似合いそうなのは、スーパースターを夢見て貧乏暮らしを決めこんでいる、バンドマンや芸人の予備軍……愛人に身をやつしているからといって、彼氏やボーイフレンドがいないとは限らない。

上杉は五分ほどその場で待ってから、アパートの敷地に入っていった。赤茶色に錆《さ》びた外階段の下に郵便箱が並んでいた。こちらも錆びが目立つ銀色の箱が横に四つ並び、それが縦に二列で全部で八つ。一見して唖然としてしまうような、ひどい有様だった。どの箱にも大量の郵便物やポスティングのチラシが詰めこまれ、雑草が生い茂ったようになっている。

唯一そうでなかったのが、「204　戸田未央」。黒いマジックで書かれた文字が、いまにも消え入りそうだった。

上杉は錆びた外階段をのぼっていった。愛人までしているのに、この貧乏暮らしはちょっと信じられない。渡瀬龍太郎は、そこまでケチなのだろうか。身なりやクルマに金をかけても、愛人に渡す金は一円でも惜《お》しむからこそ金持ちなのか。

204号室の前に立った。呼び鈴など押さなくても、外の気配が筒抜けになりそうな粗末なベニヤ製の扉の前で、上杉は困惑しきっていた。自分でも制御できない衝動に突き動かされてここまで来てしまったが、未央とどういうふうに接すればいいのか、まだ考えがまとまっていない。

腕時計を確認すると、午後七時前だった。まだそれほど遅くないので、近くの喫茶店などで小一時間やりとりのシミュレーションをしたほうがいいのではないかと思っているると、目の前の扉が突然開いたので心臓が停《と》まりそうになった。

「あのう、なにか？」

おずおずと扉の隙間から顔を出した未央が、眉をひそめて訊ねてきた。やはり、外の気配が室内に筒抜けになっているらしい。

「いや、あの……」

上杉は激しく焦りながらも、それを顔には出さないようにして言葉を継いだ。

「あなたに、その……ちょっとお話が……」

「どちら様でしょう？」

「探偵業者のものです」

未央の顔色が変わった。

「雇い主は渡瀬乃梨子……渡瀬龍太郎氏の奥さんです。そう言えば、なんの用事かわかりますよね？」

言葉は返ってこなかった。未央は震えだしていた。まだ黒いスーツを着たままの肩も、スカートから伸びているナチュラルストッキングに包まれた脚も、気の毒なくらいガクガク、ぶるぶるしている。もともと色白な小さな顔が文字通りに青ざめて、上杉は彼女が卒倒するのではないかと心配になった。

「とりあえず、あがらせていただいてよろしいでしょうか？　お店でするような話でもないですし……」

未央は無言のまま後退《あとずさ》った。部屋にあがってもいいようだったが、衝撃に言葉も出ないようだ。

上杉は靴を脱いで部屋にあがった。玄関とも呼べない窮屈な沓脱《くつぬぎ》があり、あがった先がいきなり畳《たたみ》だった。六畳ひと間、小さな流しにひと口だけのガスコンロ、トイレはあるようだが、本当に風呂なしの物件のようだ。家賃はおそらく、四万円台。下手をすれば、駐車場代以下だ。

「失礼します」

未央が呆然《ほうぜん》と立ちすくんだままなので、上杉は勝手に畳の上にあぐらをかいた。部屋には座卓があるくらいで、ベッドさえ見当たらない。なかなかの貧乏暮らしだった。勉学のために上京してきたのだから、これが学生本来の姿なのかもしれないが……。

「このアパート、立ち退きにでもあってるんですか？」

誰も郵便物を受けとっていない様子だし、二階は端から端まで歩いたが、どの部屋にも人が住んでいる気配がしなかった。

「そうです……三カ月後には取り壊されることになってて……」

未央は立ったまま、蚊《か》の鳴くような声で答えた。

「わたし以外の住人はみんな出ていっちゃったんですけど、大家さんにもう家賃はいらないって言われたんで、どうせなら最後まで住んでようかと……」

「落ち着かないから座ったらどうです？」

上杉がポンポンと畳を叩くと、未央は部屋の隅で正座した。六畳ひと間なので隅と言ってもすぐそこなのだが、完全に震えあがっていた。

これではまるでいじめているみたいではないか――上杉は思ったが、愛人をしている女子大生を励《はげ》ますのもおかしな話だった。いや、まずはその愛人が事実なのかどうか、どういう事情でそんなことになってしまったのか、それを訊ねるべきだろう。

しかし、上杉が話を始める前に、

「すみませんでしたっ！」

未央が深々と頭をさげた。土下座である。

「悪いことをしているのはわかっていたんです……わかっていたんです……わかっていたんです……」

「いや、あの……僕に謝られてもしかたがないんで、顔をあげてください」

未央はゆっくりと顔をあげた。眼に涙をいっぱいに溜めていた。近くで見ると、ずいぶんと眼が大きかった。

「事実関係を確認しますが、龍太郎氏の愛人をやってますね？」

未央は顔をそむけて唇を嚙みしめた。

「いや、もう証拠はつかんでますから。あなたは昨日、龍太郎氏と手を繫いでラブホテルに入っていった……」

ｉＰｈｏｎｅを出し、動かぬ証拠を突きつけてやると、未央は魂までも吐きだしそうな長い溜息をついた。

「愛人をやっていると認めますね？」

コクン、とうなずく。

「いつからですか？」

「ひと月……くらい……ふた月かも……」

「恋愛感情はあるんですかね？」

未央は驚いたように顔をあげ、激しく首を横に振った。

「ってことは、お金に釣られた？」

またうつむき、コクンとうなずく。

「売春は犯罪ですよ」

うつむいたまま肩を震わせる。

「恋愛感情もない男に抱かれるなんて、人間の屑《くず》がすることだ」

上杉はつい語気を荒げてしまった。いじめたかったわけではない。将来のある彼女のために、少しお灸《きゅう》をすえたほうがいいと思っただけだ。

いや……。

あとから考えてみると、やはりいじめたかったのかもしれない。清純な若い女を震えあがらせて、上杉は悦に入っていた。さながら生殺与奪《せいさつよだつ》の権《けん》をもっている者のように、彼女を支配していることが心地よかったのだ。

卑劣なパワハラ上司と一緒である。もちろん、人として許されることではなかった。

しかし、急に猫撫《ねこな》で声を出すわけにもいかない。

「……わっ、わたしどうなりますか？　逮捕されるんですか？」

未央はこの世の終わりのような顔で訊ねてきた。

「まあ、逮捕まではされないでしょうけど……表沙汰になれば、学校からは処分を受けるでしょうね。たぶん退学だ」

未央は大きく眼を見開いた。その拍子に、大粒の涙が頬を伝った。ふっくらした頬のラインから、若さが伝わってくる。

「加えて、奥さんから裁判を起こされる可能性がある。なにしろ相手は富裕層ですからね。凄腕の弁護士を集めて弁護団を組織するかもしれません。はっきり言って、法廷闘争なんて金があるやつが勝つようにできてますからねえ。あなたは素行を徹底的に調査されて、公の場で罵られるでしょう。ミニスカートを穿いてるってだけで、男を誘惑してるって主張するのが金で動く悪徳弁護士のやり方です。確実にメンタルをやられるでしょう」

自分はいったいなにを言っているのだろうと、上杉は思った。間違ったことは言っていないつもりだが、完全に未央を脅《おど》していた。実際、未央の震えはとまらず、涙を流しつづけている。

ここにやってきたのは、彼女を脅すためではなかった。むしろ、悪い道から救いだしたかったのに……。

彼女に金がないのは見ればわかる。金に釣られて唯一の財産である若い体を投げだしたとしても、咎《とが》められないレベルだ。愛人をやってなおこの暮らしぶりということは、やっていなかったら学費すら払えず、せっかく合格した大学をやめて、田舎に帰るしかなかったかもしれないのである。

それでも、上杉は彼女に愛人なんてやってほしくなかった。セックスをするなら、愛しあう相手とだけにしてほしい。それを伝えたいのだが、上杉自身に彼女をこの状況から救いだす手立てがあるわけではない。龍太郎の会社などやめさせて、自分の不動産屋でバイトさせてやることができれば格好がいいが、上杉ひとりが食べていくだけでカツカツなのだから、無理に決まっている。

つまり、説教はできても、助けることはできないのだ。考えれば考えるほど、自分の偽善者ぶりが嫌になった。口を出すなら金も出す――それが大人の常識だろう。金の工面《くめん》もできないくせに、愛人をやめろと言う資格などない。

「全部、終わりっていうことですね……」

未央は眼尻の涙を拭いながら、ボソッと言った。

「わたしの人生、ここで終わり。そういうことですね？」

いやべつにそこまで大げさな話ではないが、と上杉は思ったが、いきなりそんな甘いことを言いだすのもおかしな気がして黙っていた。

「しかたありません……悪いことをしたのはわたしですから……悪いとわかっていてやったんですから……」

「りゅ、龍太郎氏が誘ってきたんだろう？」

上杉は上ずった声で訊ねた。

「キミがお金がないのをいいことに、札束でほっぺた引っぱたくようにして、ベッドに引きずりこまれたっていうか……そういう証言をすれば、情状酌量《じょうじょうしゃくりょう》の余地もあるかも……」

「いいえ」

未央は首を横に振った。

「わたしから頼んだんです。大学の学費を収めなきゃいけない期限が迫っていて、社長に頼みました。わたしを……そのう……援助してくれませんかって」

上杉は天を仰《あお》ぎたくなった。

「そうしたら社長、ポンと学費を払ってくださって……」

「ハッ、足長おじさんも、ベッドじゃ野獣に変身かい？」

龍太郎の器の大きさに感嘆しつつも、つい嫌味を口にしてしまった。

「そんなことは全然……」

未央は困惑顔で首を横に振った。

「なんていうか、その……社長はあんまりセックスが好きじゃないんです」

「どういうこと？」

「だからその……女の体をいろいろするのが面倒みたいで……」

「じゃあ、ラブホ行ってなにやってるんだい？」

「わたしのほうから……するっていうか……」

「キミのほうからなにを？」

「一緒にお風呂入って、お背中流したり……それで終わりになることもあるんです。いい気分だから、このまま帰ろうとか」

「終わりにならない場合は？」

「それはわたしが……手とか口とかで……社長に気持ちよくなってもらって……処理させていただきます」

さすがに絶句した。未央ほどの女を愛人にもちながら、ホテルに行っても愛撫もしないで手コキとフェラだけでフィニッシュ……。

「ゆっ、許せん……許せないぞ……なんて変態野郎なんだ……」

上杉は声を震わせ、拳《こぶし》を握りしめた。龍太郎が羨《うらや》ましすぎて、頭の血管が切れそうだった。未央の裸身はきっと、清潔で透明感があって、天使のように真っ白に違いない。その体には指一本触れず、手と口だけでイカせてもらうなんて……そんなプレイは想像したこともなかったが、想像すると異様に興奮した。相手はデリやヘルスの女ではない。なにをしてもかまわないのに、あえて受け身に徹するとは……挿入《そうにゅう》さえせずに口内射精なんて……。

思わず、未央の唇をまじまじと見つめてしまった。素肌の色は真っ白なのに、唇だけは熟れた果実のように赤々と輝き、ぷりっとして弾力がありそうだった。こんな可憐な唇に咥えられたら、あっという間に射精してしまうに違いない。

「それじゃあ……わたし、行きますね……」

未央が立ちあがった。幽霊のような顔をして、ふらふらと玄関に歩いていく。

「どっ、どこに行くんだい？」

上杉は驚いて訊ねた。客がいるのに出ていくとは、尋常な展開ではなかった。未央は立ちどまると、とびきり儚《はかな》げな笑顔をこちらに向けて言った。

「愛人やってるのがバレて学校を退学になんてなったら……わたし、生きていけません……親に合わせる顔もないし、もう死ぬしか……」

「いやいやいや……」

上杉はあわてて立ちあがり、未央の双肩をつかまえた。

「馬鹿なこと言うなよ。なにも死ぬことはないじゃないか。キミに似た境遇でも、明るく生きている人間なんていっぱいいるよ」

「わたしには……とても……」

上目遣いを向けられ、上杉の心臓はドキンと跳ねあがった。これほど破壊力のある上目遣いは、見たことがなかった。心臓は狂ったように暴れまわり、思考回路がすさまじい勢いでショートしていく。

やはり、彼女は理想の女だった。理想の女が窮地に追いこまれているのに、指を咥えて見ているだけなんて男のすることではない。

全部、背負ってやればいいのだ。

彼女の抱えているトラブルや不幸を、全部……。

気がつけば上杉は、唇と唇をぴったり重ねあわせていた。品のない音さえたてて、未央の口をむさぼっていた。

5

未央の裸身は想像通りに真っ白だった。いや、想像のはるかに上を行っていた。この清らかな薄ピンクの乳首はどうだ。いまにも白い地肌に溶けこんでしまいそうで、ゼリーのような半透明に輝いている。

上杉と未央は全裸になり、布団の上で身を寄せあっていた。いつ服を脱いだのか、誰がどうやって布団を敷いたのか、まったく記憶になかった。そんな些細《ささい》なことにかまっていられないほど、未央の裸身は魅力的だった。抱きしめて手のひらを這わせているだけで、天にも昇るような気持ちになっていく。

「ああっ、いやっ……いやあああっ……」

背中や尻を撫でまわすと、未央は激しく身をよじった。上杉も思考回路がショートしていたが、未央もパニックの最中にいるようだった。なぜセックスなんて始めたのかわからない状態で、体中をまさぐられているに違いない。彼女が求めているのはたぶん、現実逃避だった。

厳しい現実から刹那《せつな》の間だけでも逃れるために体を許してくれたとしても、べつにかまわなかった。上杉はすでに、すべてを背負いこむ覚悟を決めていた。彼女の混乱に乗じて押し倒してしまったことを含め、なにもかも責任をとってやる。

未央はそれに値する女だった。薄ピンクの乳首を擁する、控《ひか》えめな胸のふくらみ。熟す前の青い果実のような、小ぶりなヒップ。背中には贅肉《ぜいにく》なんかまったくなくて、ウエストの薄さは驚くほどだ。

まったく、なんという清潔な裸身なのだろう。こうして抱きあっているとよくわかる。巨乳や巨尻なんて、奥ゆかしさの欠片もない肉の塊だ。

女の体は細身で華奢《きゃしゃ》なほうが絶対にいい。触れれば壊れてしまう繊細な和菓子のようでありながら、快楽を得るとどこまでもしなやかに反り返る。それを腕の中に感じることこそ、男に生まれてきた悦びに違いない。

「ぅんんっ……ぅんんっ……」

お互いの口を唾液が行き来するほど深いキスに淫しながら、上杉は未央の体をまさぐりつづけた。彼女が神から与えられたものはシェイプの美しさだけではなかった。素肌のなめらかさは息を呑むほどだったし、控えめなサイズとはいえ胸のふくらみには艶《なま》めかしい弾力があった。おまけに感度は最高。裾野をやわやわと揉みしだいているだけで、未央は薄い背中を何度も反り返した。

そうなると、女のいちばんの急所を刺激したときのことを、期待せずにはいられなかった。羞《は》じらい深い彼女は、いくら太腿を撫でまわしても、みずから脚を開こうとはしなかった。中途半端に指で愛撫するより、いきなり舌で舐めまわしてやりたくなった。

未央は声を出さない女だった。この古いアパートには他に住人がいないらしいから遠慮する必要などないのに、必死になって唇を引き結んでいた。喜悦に翻弄《ほんろう》されながら声をこらえている清純派の表情は、気が遠くなりそうなほどエロティックだった。

それを拝《おが》みながらクンニをするとなれば、やり方はひとつしかない。

「ああっ、ダメッ……」

細い体を折りたたむようにして丸めると、未央はさすがに声をもらした。上杉はかまわずに彼女の両脚を開き、マングり返しの体勢に押さえこんだ。

「いっ、いやあああっ……」

羞じらう未央の内腿に、なだめるようなキスの雨を降らせる。

辱《はずかし》めるつもりはない。ただキミに気持ちよくなってもらいたいだけなんだ——気持ちは通じたようで、未央は声をあげるのをやめた。それでも、恥ずかしい格好を強いられていることには変わりがないので、眉根を寄せた恨みがましい顔でこちらを見つめてくる。

「そっ、そんなに見ないでくださいっ……」

上杉の視線はせわしなく動いていた。未央の表情の変化も見逃せないが、マングり返しに押さえこんだ以上、眼と鼻の先にある初々《ういうい》しい女の花を見つめないわけにはいかなかった。

そこもまた、清潔感にあふれていた。陰毛が茂っているのが、恥丘の上だけだからだろう。小判形をした草むらは黒々とした艶をたたえていたが、茂っている面積は狭かった。性器のまわりはまったくの無毛状態で、花びらはくすみのないアーモンドピンク色。サイズは小さく、見ているこちらが心細くなるほど薄かったが、綺麗なシンメトリーになっている。

上杉は舌先を尖らせ、花びらの合わせ目をなぞりあげた。舌先が触れた瞬間、未央はぎゅっと眼を閉じた。ツツーッ、ツツーッ、と何度も舐めあげているうちに、薄眼を開けた。その瞳はねっとりと濡れていた。

天使のような可愛らしさとはいえ、二十一歳の女子大生だった。それなりに経験は積んでいるはずだが、潤んだ瞳は欲情と戸惑いの間を行き来している。左右の花びらを一枚ずつ丁寧に舌先でめくってやると、せつなげに眉根を寄せながら口許だけで少し笑った。もうどうにでもして、と彼女の顔には書いてあった。

隠すところがなくなってしまったと思っているようだったが、とんでもない話だった。彼女が恥にまみれるのは、これからだった。薄桃色の粘膜を露わにしたいま、彼女を乱れさせる準備がようやく整ったのだ。大きく舌を差しだして、まずはつるつるした舌裏を使って舐めていく。ねちっこく舌を這わせては、花びらの内側を舌先でくすぐる。

「んんっ！　くぅうっ……」

声を必死にこらえているせいか、清純な顔がみるみる生々しいピンク色に染まっていった。ハアハアと息もはずませている。上杉は薄桃色の粘膜を舐めまわしながら、両手を乳房の先端に伸ばしていった。唾液をまとわせた指腹で、ツンと尖《とが》った乳首を転がしてやる。

「んんんっ！　んんんんーっ！」

未央は髪を振り乱して首を振った。声が出てしまうと言いたいらしい。だが、声なんて出したければ出せばいいのだ。男と女が愛しあい、求めあうことは、そんなに恥ずかしいことなのか。

「むうぅっ……」

唇を凹みに押しつけて、あふれだした蜜を啜《すす》った。そうしつつ、ざらついた舌腹で薄桃色の粘膜を舐めまわす。女を感じさせるのは舌裏に限るが、舐めていて興奮するのは舌腹のほうだ。

じっくりと味わわせてもらった。舐めてはヌプヌプと舌先を沈め、じゅるっと音をたてて蜜を啜った。もちろん、それと同時に、左右の乳首も転がしている。唾液を使って転がすやり方がツボに嵌《は》まったらしく、乳首の反応もいい。

「んんんーっ！　んんんんーっ！」

未央は両手を使って口を塞《ふさ》いでいた。そういう姿さえたまらなく可愛らしいのは、やはり二十一歳の若さゆえか。上杉はいよいよ、舌裏を使ってクリトリスを刺激しはじめた。未央の顔がピンク色から真っ赤に変わった。包皮を剝いた状態で米粒大の肉芽をねろねろと転がしてやると、宙に浮いた足指をぎゅうっと内側に折り曲げながら喉を突きだした。

上杉は信じられない思いで、未央の反応を観察していた。天使のような容姿をしているくせに、これほど敏感な体の持ち主だなんて驚愕するしかなかった。未央という女の中では、清純さと欲情が矛盾《むじゅん》することなく共存していた。ともすれば、感動で目《め》頭《がしら》さえ熱くなってきそうだった。

おかげで、クンニを続けていられなくなった。未央と早くひとつになりたくて、いても立ってもいられなくなってしまった。

マングり返しの体勢を崩すと、すかさず両脚の間に腰をすべりこませた。未央がハアハアと息をはずませながら見つめてくる。ほとんど放心状態に陥《おちい》っていたが、それにはまだ早い。

上杉は勃起しきったペニスをつかんだ。角度を合わせ、先端を押しこんだ。未央の中は、よく濡れていた。肉と肉を馴染《なじ》ませるように滑らせながら、ゆっくりと結合を深めていった。未央は真っ赤に染まった顔を歪めていたが、眼を開けてこちらを見ていた。濡れた瞳が卑猥だった。根元までペニスを埋めこむと、ぎりぎりまで眼を細めたが、やはりこちらを見たままだった。年甲斐《としがい》もなくドキドキした。

「頼みがある」

上杉は唸るように言った。

「できれば……ずっと眼を開けていてほしい。こっちを見て、視線を合わせていてくれないか？」

まだ告白すらしていないのに、図々《ずうずう》しい願いなのかもしれなかった。彼女はただ、現実から逃れたい一心で刹那の快楽に手を伸ばしただけだった。視線を合わせながら腰を振りあうのは、恋人同士のやり方だ。

それでも、

「頼む」

眼力を込めて見つめると、コクリとうなずいてくれた。さっさと動いてほしいだけなのかもしれなかったが、上杉は歓喜の雄叫びをあげそうだった。雄叫びをあげるかわりに、腰を動かしはじめた。痛いくらいに硬くなったペニスで、未央を突きあげた。いきなりのフルピッチだった。

「はっ、はぁおおおおおおおおおーっ！」

ずんずんと子宮を突かれた未央は、顔に似合わない獣じみた悲鳴をあげ、上杉の腕の中で激しくのけぞった。上杉は呼吸も忘れて連打を放った。突けば突くほど、エネルギーがこみあげてきた。自分がこの世に生まれてきたのは彼女と結ばれるために違いないという確信が、すさまじい熱狂を運んできた。

未央はもう、声をこらえていなかった。上杉が繰りだす熱狂的なリズムに乗って、獣じみた悲鳴を撒き散らしていた。アパートに住人はいなくても、近所中に声が聞こえているかもしれない。

かまいやしなかった。上杉は世界中の人間に、この歓喜を伝えたかった。未央ほどの女と結ばれた狂おしいほどの歓喜を……。

「ダッ、ダメッ……ダメえええっ……」

未央が泣きそうな顔で首を横に振った。

「そっ、そんなに動いたらっ……動いたらっ……」

上杉はピッチを落とさず、むしろあげた。小柄で細身な未央の体が、宙に浮きあがるくらいの勢いで突きあげた。未央がしがみついてくる。それでも健気に約束を守って、上杉のことを見つめてくる。

「ああっ、いやあああっ……いやいやいやあああっ……」

涙眼で叫ぶ未央の顔を、上杉も見つめつづけた。視線と視線をしっかりとからみあわせたまま、彼女が恍惚《こうこつ》の彼方《かなた》にゆき果てていくのを見届けた。

第三章　腋窩をさらして

1

乃梨子が講師を務めているカルチャースクールは、西新宿にある高層ホテルの会議室で行なわれていた。

土曜日の午後、上杉はそこに向かった。

仲元に彼女の素行調査を依頼してから、十日ほどが経っていた。届けられた調査報告には刮目《かつもく》すべきものがあり、上杉は思案を巡《めぐ》らせていた。乃梨子から逢瀬《おうせ》を求めるLINEのメッセージが何度も届いていたので、龍太郎の浮気の証拠を届けるついでに、講座を受けてみることにした。三カ月で全十回のコースだが、一回だけでも一万円払えば受講できる。二時間の講義で一万円、いい商売だ……。

元女医が、恋の駆け引きからベッドマナーまで手ほどきをするという「モテ講座」の会場を埋めていたのは、意外にもさっぱりした感じの男が多かった。もっとオタク系の、野暮《やぼ》ったい連中ばかりかと思っていたのだが、きちんとスーツを着込んでネクタイを結び、いかにも「結婚を真剣に考えてます」というタイプが目立つ。年齢的には、三、四十代が中心だろうか。

悪くない感じだ、と上杉は思った。父親から下町の不動産屋を継いで三年、いままで時をうかがってきたが、あるビジネスのアイデアを温めていた。ここに集まっている男たちは使える——直感が走った。結婚を真剣に考えているということは、安定した仕事をもち、経済的にも余裕があるということだ。

上杉には金が必要だった。

愛する女を幸せにするために、だ。

二十一歳の女子大生を相手に、いきなり結婚まで考えているわけではない。しかし、未央は経済的に困窮《こんきゅう》していた。実家からの仕送りもなく、奨学金《しょうがくきん》も受けられなかったので、あと一年残っている学費も、卒業するまでの生活費も、すべてアルバイトでまかなわなければならないという。

できることなら、そんな苦学生の立場から解放してやり、いままでバイトに費《つい》やしていた時間を、自分との逢瀬に使ってほしい。

「僕にまかせてくれないか」

未央を抱いたあと、上杉は大見得を切っていた。

「なんだかどさくさにまぎれて抱いてしまったみたいだけど、僕はいい加減な気持ちでこんなことをしたわけじゃない。キミの力になりたいんだ……はっきり言うけど、ひと目惚れだった。キミは僕の理想のタイプなんだ……」

オルガスムスを嚙みしめたばかりの未央は、うっとりした顔で上杉の言葉に耳を傾けてくれた。彼女が半ばやけくその現実逃避でセックスしてしまったことくらい、上杉にもわかっていた。だが、それがなんだと言うのだろう。始まりはアクシデントでも、結果として情熱的に愛しあうことになればいい。少なくとも、上杉はそういう未来を夢見ていた。未央はまだ上杉の言葉をすべて信じているわけではないようだったが、これから実績を積みあげて信用を勝ちとっていけばいい。

そして、そのためには金がいる。

「それでは、始めたいと思います」

壇上に登場した乃梨子が、マイクを持って言った。会場中で「おおっ」というざわめきが起きた。乃梨子の美貌《びぼう》に対する賞賛だった。シルバーグレイのタイトスーツにハイヒール、今日はメガネまでかけている。元女医というキャラをヴィジュアル化しているのかもしれない。首筋の美しさを誇示するような真っ黒いショートボブに、メガネはよく似合っていた。メガネをかけたことによって、よりセクシーに見えたくらいだ。

さながら、美しいカリスマだった。受講者たちが乃梨子を見る眼は、ただ知識を与えてくれる講師に対するものではなく、崇《あが》めるような光を帯《お》びていた。

「前回はモテる男の条件を見ていきましたが、今回は逆にモテない男の条件を見ていきましょうか……」

乃梨子は女らしく澄んだ声で話を始めた。

「モテない男として、わたしがいつも第一にあげるのはなんだと思います？　ケチな男です。金遣いが荒い人も考えものですけど、ケチがモテたっていう話は聞いたことがありません。倹約《けんやく》するのはいいんです。経済観念はあったほうがいい。でも、たまのデートのときにお金を出し渋《しぶ》ったり、ましてや割り勘だなんて、わたしにはとても考えられないですね。ケチな人って、要するにお金に執着しているわけですけども、お金は手段であって目的ではない。デートの目的は、ふたりで楽しい時間を過ごすことでしょう？　男性の方にはぜひ、エスコートしている女性を楽しませることこそ自分の喜び、というふうに考えていただきたいです……」

金持ちの戯言《ざれごと》だと、いつもなら失笑していたかもしれない。眼をキラキラさせて話に聞き入り、メモまでとっている受講者たちのことだって、心の中で馬鹿にしていたに決まっている。

だが、今日の上杉は違った。この連中は、悪くないどころか宝の山かもしれないと思った。ケチはモテない――逆に言えば金持ちはモテるというわかりきったことを言われているのに、それを本気で胸に刻みこもうとしているように見えた。馬鹿である。ビジネスの世界では、馬鹿のことをカモと呼ぶ。

「セックスだってそうですよ……」

乃梨子の言葉に、受講者たちはいっせいに身を乗りだした。

「いま自分が舐めたから、今度はキミが舐めて――みたいなセックスは、本当に退屈。

男の人がフェラチオが大好きなことくらい、女は誰だって知ってますよ。でも、いいじゃないですか。フェラチオなしで、クンニばっかり一時間くらいしていても。愛は惜しみなく捧《ささ》げるものです。お金でも快感でも惜しみなく女性に捧げることで、ふたりの関係が盛りあがっていく。そういう恋愛を目指していただきたいですね、せっかくなら……」

美女の唇から放たれる「フェラチオ」や「クンニ」というワードはさすがにインパクトが大きく、会場はおかしな空気になっていった。乃梨子はグラマラスなボディラインを強調するようなタイトスーツを着ているから、受講者たちは熱い視線でそれをなぞりはじめた。

本当に馬鹿な連中だった。偉そうなことを言っていても、乃梨子は若い女に走った夫に放置され、欲求不満を抱えて身悶えているような女なのだ。受講者の中に自分がいるのを見つけたとき、彼女の頬がほのかに紅潮したのを上杉は見逃さなかった。彼女とは、後ほどこのホテルの部屋で会うことになっている。

上杉としては、ビジネスの相談に乗ってもらうことが本日のメインイベントだが、乃梨子はセックスを期待しているに違いなかった。下手をすれば、早くも濡らしているかもしれない。この前は内覧物件の中だったので立ちバックだけしかできなかったが、今日はバスルームもあればタオル類も揃ったホテルの部屋。お互い生まれたままの姿になって思いきり肉の悦びをむさぼれる――乃梨子がそう考えていたとしても、少しもおかしくない。

その期待に応えるのは、やぶさかではなかった。未央という運命の女と結ばれたからといって、他の女に手を出さないと己を縛るほど、上杉は真面目な人間ではなかった。どんな大好物だって、毎日食べていれば飽きてくるものだ。一穴主義は、みずから愛の終わりを早めるような愚行である。

それに、他ならぬ未央を幸せにするためにも、乃梨子にはビジネスに協力してもらう必要があった。そのためなら、一時間でも二時間でも好きなだけクンニしてやる。欲求不満を解消させてやることくらい、お安いご用なのである。

2

乃梨子にカードキーを渡されたので、上杉は先に階上の部屋に向かった。

地上四十階から見下ろす新宿の光景は素晴らしく、これから夕刻、夜と移り変わっていくほどに、溜息が出るような思いをさせてくれるに違いなかった。

ルームチャージは、乃梨子が払ってくれることになっていた。彼女に頼まれていたこと――龍太郎の浮気の証拠を渡すという名目になっているからだが、ただそれだけのためならば、カフェで会ってもいいはずだった。

「ケチな男はモテない、か……」

上杉は苦笑まじりに独りごちた。

こちらは富裕層でもなんでもないので、ただセックスのために高層ホテルを利用することなんてない。未央をラブホテルに連れこんだ龍太郎を軽蔑しつつも、自分だってそれ以上のことを女にしてやっているわけではない。乃梨子もこちらの懐具合をわかっていて、けれどもラブホテルなんかで裸になりたくないから、自腹でこの部屋を予約した。ケチな男はモテないと力説しつつも、裏ではホテル代を払ってでもセックスをしたい相手がいる。

誰も彼も、矛盾だらけだった。

矛盾を抱えつつ、大いなる欲望に振りまわされていた。

「ごめんなさい。お待たせしちゃったかしら」

ドアが開き、乃梨子が部屋に入ってきた。シルバーグレイのタイトスーツにハイヒール、メガネまでかけた装いは、壇上で見たものと同じだった。オーダーメイドなのか、彼女の着ているタイトスーツは体のラインにぴったりと密着し、おまけにスカートの丈がひどく短い。太腿が半分以上露出している。知的に見せつつ、この服はセクシーを強調しすぎている。

「眺めがいいんで、いい気分転換になりましたよ」

上杉は窓を指差して笑った。

「それじゃあ早速……まずは、夫の浮気の証拠だけど……」

乃梨子はソファに腰をおろすと、長い脚をさっと組んだ。そういう仕草《しぐさ》も様になっていた。事務的な話はさっさと終わらせましょう、というわけだ。ミニ丈のスカートから下着が見えそうで見えないのも、心憎い。

「失礼します……」

ソファは対面式ではなく、三人掛けの横長のものだったので、上杉は乃梨子の隣に座り、スマホを取りだした。

「いちおう、ラブホテルに入っていくところも押さえたんですけどね。実はもっと決定的な、ご主人にとっては致命的な動画を入手できたんです」

「なにかしら？」

「まあ、見てください」

上杉は動画を再生した。広いベッドに裸で横たわっている男が映しだされた。龍太郎である。勃起している。モザイクなどない。乃梨子は唖然とし、「なんなの……」と小さく声をもらした。

画面の中で、あお向けに横たわっている龍太郎に、小柄で細身な若い女が覆《おお》い被《かぶ》さっていく。もちろん、未央である。彼女もまた全裸であり、薄ピンクの乳首や青い果実のような小ぶりのヒップを露わにしていた。上杉にとっては眼をそむけたくなる光景だったが、ぐっとこらえてスマホの画面を睨みつける。

チュッ、チュッ、チュッ、と可憐な音をたてながら、未央は龍太郎の上半身にキスの雨を降らせた。そうしつつじりじりと後退っていき、最終的には龍太郎の両脚の間で四つん這いになった。可愛い顔の正面は、そそり勃った男根だ。根元にそっと指をからませ、サクランボのような唇で赤黒く膨張《ぼうちょう》した先端を咥えこんでいく……。

「なっ、なんなのよ、これはっ！」

乃梨子はすっかり取り乱していた。自分のペースで物事が動いているときは余裕綽々なのに、イレギュラーなことが起こるとすぐに我を失いそうになるのが、この女の特徴だった。

上杉はいったん動画を停止し、

「浮気相手から入手したんですよ」

乃梨子を落ちつかせるため低い声でゆっくりと説明した。

「不倫なんてしてても、やっぱり若い女の子だ。ちょっと脅してやったら、震えあがりましてね。表沙汰になってしまうと大学を退学処分になってしまうから、それだけはどうしても避けたいと。見逃してくれるならなんでも協力するというんで、こんなものを出してきたんです。ご主人が命令して撮影させたんでしょう」

嘘だった。この動画は、未央が自分から撮影させてほしいと頼んだらしい。なんでも、龍太郎に対する性的なサービスを向上させるために、AVなどと見比べていたようだ。真面目と言えば真面目だが、変わった女である。そういう天然っぽいところが、未央という女にはあるようだ。

「どうして浮気相手なんかとコンタクトをとったの？　わたし、そんなことまで頼んだつもりはありませんけど」

「ラブホテルに入っていく動画だけじゃ弱いと思ったんですよ」

「だからって……」

「考えてみてください」

上杉は眼力を込めて乃梨子を見た。

「僕はたしかに、奥さんにご主人の浮気調査を頼まれました。でもそれには、僕自身に対するリスクヘッジも含まれているんですよ。人妻である奥さんと関係を継続させる以上、万が一バレたときのために保険が必要なんです」

「それは……そうかもしれないけど……」

乃梨子の勢いはとまった。上杉の口から「関係の継続」という言葉が放たれた瞬間、メガネの下で頬がほんのり赤くなった。

「ここまで破廉恥《はれんち》な動画を押さえておけば、ご主人のことを思い通りにコントロールできるでしょう？」

上杉は動画の続きを再生した。

『おおう、いいよ……』

画面の中で、龍太郎が唸《うな》るように言った。

『未央の唇は、ぷりぷりしてて本当に気持ちがいいな。一日の疲れがとれるよ』

未央が頭を上下に振り、唇をスライドさせはじめると、龍太郎は身悶えはじめた。声こそ「おう」とか「むう」とか野太いのだが、女のように反応している。みずから両脚を大きく開いて、声を出しながら宙に浮かせた腰を震わせる。

他人のセックスを笑うべきではないと思っていても、上杉は腹の中でゲラゲラ笑っていた。それは恥ずかしいのをはるかに通り越し、あまりにも滑稽《こっけい》な姿だった。射精が近づいてくるにつれ、

『おおおっ、ちょっと待ってくれ……出ちゃいそうだ……でももう少し焦らして……おおおっ、すごいよ……がっ、我慢できん……』

大の男がそんなことをしきりに口走りながら、ベッドの上でのたうちまわっているのである。笑うなというほうが無理な相談だ。

それを眺めている乃梨子の表情も見ものだった。最初は驚愕に顔色を失い、続いて頬を紅潮させて怒りの形相となり、やがて遠い眼になって乾いた笑みを口許に浮かべ

た。

いまは仮面夫婦のようなものでも、かつては愛しあった男の醜態だった。乃梨子が龍太郎の財力に惹《ひ》かれて結婚したのは間違いないが、それにしたって男としての魅力をまったく感じていなかったわけではないだろう。

その男が――曲がりなりにも永遠の愛を誓い合った人生のパートナーが、若い女子大生にイチモツをしゃぶられ、女のように身悶えているのだ。乃梨子の失望感を思えば、胸が痛くなってくるほどだった。

とはいえ、つらいのは彼女ひとりではない。

上杉は未央に、浮気の決定的な証拠をもっていないかと訊ねた。想定では、頬を寄せあったツーショット写真とか、調子に乗ってキスまでしているとか、そういうものだったのであるが、未央が出してきたのがラブホテルでの一部始終だったので絶句してしまった。そういうところも、未央は天然だった。

「自分のために撮ったんです。お世話になってる社長に、もっと気持ちよくなってもらおうと思って。わたし経験が少ないから、研究しなくちゃって……」

できることなら、未央が他人棒をしゃぶっている姿など見たくはなかった。いまだって画面を正視できず、けれども気になって視線を送るたびに、目頭が熱くなりそうになる。

しかし、これは必要な儀式だった。

乃梨子に龍太郎の弱みをつかませることもそうだが、上杉が龍太郎の弱みをつかんでいることを乃梨子に知らせておくことも重要なのである。乃梨子と龍太郎は夫婦である。つまり、夫の恥は妻の恥。しかも、若い女に夫を寝取られたとまわりに知られるなんて、プライドの高い彼女が許すはずがない。

「ご主人はセックスが弱いんですか？　彼女によれば、求めてくるのは口腔《こうこう》奉仕ばかりみたいですけど」

「もういいわよ」

乃梨子はうんざりした顔で手を振った。動画を停めてほしいようなので、上杉はそうしてやった。

「とりあえず、仕事は大成功ね。ありがとう。プロでもないのにご苦労さま」

乃梨子の口調は、完全に棒読みになっていた。口調とは裏腹に、急にそわそわと落ち着かなくなった。わかりやすい女だった。もはや一刻も早く快楽の海に飛びこんで、嫌なことをすべて忘れてしまいたいらしい。

「ねえ……」

尻を浮かせて、上杉のほうに近づいてきた。ぴったりと体を密着させて、耳元でささやいた。

「わたしが今日のこの瞬間を、どれほど待ち望んでいたかわかる？　あなたを思いだして、毎日オナニーしてたのよ……ふふっ、罪な男ね」

上杉は乃梨子を見た。メガネの奥で黒い瞳が潤んでいた。早くも欲情のスイッチが入ったようだったが、瞼がピクピク痙攣していた。

「嘘つかないでくださいよ」

上杉が冷や水をかけるように言うと、

「えっ？　嘘？」

乃梨子は眼を丸くした。

「なんの話よ？」

「オナニーなんてしてないでしょ、奥さん」

「それは……」

乃梨子は虚を突かれたような顔で苦笑した。

「自分でしてるって言ってるんだから、してるに決まってるじゃない」

たとえ嘘でも、上杉にそれを証明できるはずがない、と彼女は思っているようだった。だが、できるのだ。瞼ピクピク以外にも証拠がある。上杉はスマホで別の動画を再生させた。

「これ、奥さんですよね？」

ベージュのスプリングコートを着た女の後ろ姿が映っていた。街を歩いている。女優が被るようなつばの広い帽子を被っているせいもあり、一見して乃梨子だとは特定できない。

しかし、隣にいる彼女はしっかりと顔色を失った。黙っていても、顔色の変化がすべてを物語っていた。歩いているのは六本木だ。ベージュのコートに女優帽の女はやがて、テナントビルに入っていく。六本木なのであまり下品な看板は出ていないが、風俗店も入っているビルだ。

画面が切り替わり、扉が映された。〈ＷＨＩＴＥ〉という謎《なぞ》めいた銀のプレート。隠しカメラの粗い画像で、扉の向こうの光景がチラチラ見える。廊下を抜けて向かった先は、応接室のようなところだ。黒と赤で統一された部屋はスタイリッシュで、重厚なデザインのソファが放つ革の匂いが漂ってきそうだった。

テーブルの上に、アルバムが置かれていた。表紙にも〈WHITE〉の文字。だがその上に、「SMクラブ」の表記がある。

アルバムがめくられると、ボンデージファッションの女が現れた。次のページも、その次のページも……要するにそれは、〈WHITE〉なるSMクラブで働いている女のカタログだった。金を払えば、彼女たちから性的なサービスを受けることができるというわけだ。

黒いエナメルのレオタードに身を包んだ乃梨子の写真が出てきた。ボディラインを強調したタイトスーツや、露出度の高いドレスをエレガントに着こなすだけに、彼女のボンデージ姿は圧巻のひと言だった。

いままで出てきたどの女よりも美しく、高慢な表情がそそる。〈WHITE〉はホームページももっているが、そちらに乃梨子の写真は掲載されていない。店に行かないと写真が拝めないんだぜ、と仲元は自慢げに言っていた。

「女王様ならまだわかりますが……」

ククッと喉を鳴らして、上杉は笑った。

「奥さん、店でいちばん人気のM女らしいじゃないですか？」

「どっ、どうして……」

乃梨子は体を離そうとしたが、上杉は許さなかった。肩を抱き寄せ、顎を指でしゃくった。

「だから言ってるでしょう？　一緒に危ない橋を渡るんだから、リスクヘッジが必要だって」

「尾行したのね？」

軽蔑を含んだ眼で睨まれたが、上杉はきっぱりと無視した。

「人妻でありながらSMクラブで働くなんて大胆なことをしておきながら、脇が甘すぎますよ。共犯関係を結ぶには危なっかしい女だ」

「ううう……」

タイトスーツの上から胸をまさぐってやると、乃梨子は悔《くや》しげに眼をそらした。

「店に行けばたっぷりイカせてもらえますもんね。そんな女が、オナニーなんかするわけないじゃないですか」

ぐいぐいと胸のふくらみを揉《も》んでやると、乃梨子はせつなげな声をもらした。未央とは違い、プリンスメロンほどもありそうな、量感たっぷりな乳房だった。おかげで揉む指に自然と力がこもってしまう。力まかせに揉みくちゃにしてやりたくなる。

「あああっ……」

「店でどんなことされてるんですか？」

乃梨子は顔をそむけて唇を震わせた。

「さっきの女子大生みたいに、チンポ咥えてるわけですか？」

「違う！」

乃梨子はあわてて首を横に振った。

「わたしはお店の中でいちばんNG項目が多いの。風俗嬢みたいに射精の手伝いはしないし、コスチュームだって脱がない」

「じゃあ、なにをやってるんですか？」

「……オッ、オモチャとか」

「ヴァイブで責められてるんですか？」

「電マでイカされたり……」

上杉はたまらずアハハと声をあげて笑ってしまった。

「そりゃあ、すごい。とんでもない変態夫婦だ。片や愛人を抱きもせずにチンポばっかりしゃぶらせ、片やSMクラブで電マ祭りですか？」

「と、友達なの……」

乃梨子が蚊の鳴くような声で言った。

「はっ？　なんですって？」

「そのサロンを経営してるの、大学時代の同級生なの。他にもエステやネイルのお店も経営しているやり手なんだけど、面白いからちょっと手伝わないかって……ちょっとだけならって、好奇心が働いて……」

「本当ですかね？」

上杉は猜疑心《さいぎしん》たっぷりの眼つきで乃梨子の顔をのぞきこんだ。

「この前、スパンキングを平然と受け入れてたからおかしいと思ってたんですよ。意地を張ってるように見せかけて、本当はドMなんですね？」

「もう意地悪しないで……」

乃梨子は眉尻を垂らし、すがるような眼を向けてきた。

「会えない間、あなたのことばかり考えてたのは本当なの……今度はちゃんと抱いてもらえるって、すごく楽しみにしてたの……」

自分との逢瀬を楽しみにしながらＳＭクラブでマゾプレイに耽《ふけ》り、電マでイカされまくっていたのかと思うと、上杉は複雑な気分になるしかなかった。

3

とりあえず乃梨子を立たせ、服を脱がした。

シルバーグレイの上着とタイトミニのスカート、白いシャツ……下着はローズピンクで、股間にぴっちりと食いこんだハイレグショーツが、ナチュラルカラーのパンティストッキングに透けていた。前回のガーターベルトにも度肝《どぎも》を抜かれたが、生活感のあるパンストもなかなかエロい。パンストは美人が穿くほど卑猥になる。乃梨子は顔立ちもスタイルも完璧だ。それでも、股間を縦に割るセンターシームがすべてを台無しにしている。

「いい格好ですね？」

からかうように言ってやると、乃梨子はまだメガネをかけたままの顔を紅潮させ、自分でパンストを脱ごうとした。もちろんそんなことは許さなかった。乃梨子の動きを制しつつ、背中のホックをはずし、ブラジャーを奪った。この前はドレスの裾をまくって立ちバックだったから、彼女の乳房とは初対面である。

量感あふれるだけではなく、唸ってしまうような美乳だった。揉み心地からも伝わってきたが、とにかく丸みがすごく、パンパンに張りつめている。乳首の色は情熱的な赤で、ついている位置が高いから乳房全体がツンと上を向いて見える。

「ううっ……」

乃梨子は肩をすぼめて羞じらった。彼女が乳房を見られたくらいで羞じらうようなタマではないことくらい、先刻承知していた。男を惑わす演技に決まっている。恥ずかしがったふりで男心に火をつけ、一刻も早く貫いてほしいのだ。

その手に乗るわけにはいかなかった。前回同様、イニシアチブは常にこちらが握っていなければならない。乃梨子がM女であるならば、彼女もそのほうがいいに違いない。ウィン・ウィンというわけだ。

上杉は乃梨子をベッドにうながすと、鞄《かばん》からあるものを取りだした。秋葉原にある巨大なアダルトショップに立ち寄ってきたのだ。いままでセックスに道具を使ったことなどないが、仲元からの報告で乃梨子にマゾッ気があることはわかっていた。ならばそれっぽいことをしてやろうと、あれこれ吟味《ぎんみ》して買い求めてきたのだ。前回のスパンキングプレイで、上杉もちょっとサディスティックなプレイに目覚めてしまったのかもしれない。

鞄から取りだしたのは、ＳＭプレイ用の拘束《こうそく》バンドだ。幅は五センチほどで、長さは二メートル。布は柔らかく、マジックテープで着脱できる。便利な世の中になったもので、ＳＭ初心者向けにそんなものが数百円で売られている。

「なんだかわかりますよね？」

上杉は乃梨子に笑いかけた。乃梨子は気まずげに下を向き、剝きだしの乳房と、センターシームが不細工な股間を隠していた。

「どうしたんです？　ＳＭクラブで働くほどのマゾなんでしょ？」

「あっ、あのね……」

乃梨子は切羽つまった顔で言葉を継いだ。

「もう正直に言っちゃうけど、わたし、あの六本木のお店でそんなにきちんと働いてないのよ。週に一回しか出勤してないし、ホントにNGばっかりだし」

「電マで責められてるんでしょ？」

「だからそれ以外はほとんどなにも……」

「縛られたりは？」

乃梨子は首を横に振った。

「ホントにもう、コスチューム着けて電マで刺激されるだけなの。それだって、素手で触られるのが嫌だから、そういうふうにしてもらってるんで……」

ナメてるな、と上杉は思った。金をとっているSM嬢として、彼女は仕事をナメている。友達の経営する店だからそんな融通《ゆうずう》がきくのだろうが、普通だったら即刻クビになるだろう。

NGばかりのナメきった態度の裏には、乃梨子の高すぎるプライドが見え隠れしていた。わたしほどのハイソな美人が、きわどいボンデージファッションで眼福《がんぷく》を提供するんだからそれで満足しなさい、というわけだ。

それはともかく。

「縛られるのは嫌なのに、なんでSMクラブなんかで働いているんです？　縛られるのまでNGじゃ、なんのためにやってるのか……逆につまらなくないですか？」

「それは……」

乃梨子は言いづらそうに口ごもった。

「わたしってちょっとマゾかもって、思うところもあるの。でもやっぱり、SMクラブのお客さん相手じゃ本気になれないっていうか……本気になれないけど、エッチな格好して電マで責められれば、イクことはイクというか……」

「なにが言いたいのかわかりませんよ」

「だからね！　マゾっぽい願望はあるんだけど、いままでそれを爆発させたことはないわけ。でもこの前……あなたに突然お尻叩かれて……すごい興奮しちゃったっていうか……」

乃梨子の顔は耳まで真っ赤になっていた。もじもじと身をよじってもいる。嘘をついているわけではなさそうだ。

「じゃあ、どうします？　せっかく拘束バンドを用意してきたんですけど、縛られたことがないならやめますか？」

「……ちょっとだけなら」

上目遣いで、乃梨子は言った。

「あんまりハードなやつじゃないなら、経験してみたいかも」

メガネの奥で、黒い瞳が光った。潤んでいるからだ。言葉とは裏腹に、拘束プレイに欲望を揺さぶられているらしい。

前回のスパンキングプレイがそこまでよかったのか──上杉は内心でにんまり笑った。男として悪い気はしなかった。早速縛りあげていじめてやりたかったが、想定外のことに気づいてしまった。ベッドの枕元に、拘束バンドを引っかけられそうなところがない。

上杉としては、乃梨子の両手を重ねて縛り、バンザイをする格好で上半身を拘束したかったのである。左右の腋窩《えきか》を剥きだしにしたかった。裸の女は、絶対に腋窩もさらしたほうがセクシーだ。後ろ手に縛るなら簡単だが、それでは腋の下が隠れてしまう。

「ちょっと来てもらえますか？」

上杉は乃梨子の手を取り、ベッドを降りた。

「ねえ」

乃梨子が手を引かれながら声をかけてきた。

「ちょっとお願いがあるんだけど……」

「なんですか？」

「ストッキング、脱いじゃダメ？」

「ダメに決まってるでしょう！」

声を荒げると、乃梨子は先生に叱られた少女のようにシュンとした。ヌーディベージュのドレス姿で、アウディの助手席から颯爽と降りてきた彼女とは、すでに別人だった。これほどおどおどしているのは、夫の醜態に加え、ＳＭクラブに籍を置いているという彼女自身の弱みもつかんだからだろうか。それとも、彼女の中に眠っているマゾ的な本能が疼《うず》きだしているのか……。

上杉が向かった先はバスルームだった。トイレとは別になっていたし、思った以上に広かった。さすが高級ホテルと唸りたくなるくらい、タイルにも高級感があってキラキラ光っている。

上杉は乃梨子の両手を拘束バンドでぐるぐる巻きにした。バスルームなら、それを頭の上にあげて、フックさせられる場所がある。

シャワーヘッドだ。高いほうは頭からシャワーを浴びられる位置なので、ちょうどバンザイした状態に拘束できる。

「なっ、なにするつもり……ですか？」

両手の自由を奪われた乃梨子は、顔も声も思いきりひきつらせて言った。

「さあ、なにをするんでしょうねえ」

上杉は意味ありげにニヤニヤ笑いながら、シャワーヘッドからぶらさがっているように見える女体をじっくり眺めた。異様に興奮してしまった。黒髪のショートボブにメガネをかけた彼女は凛々《りり》しい。先ほどまで偉そうに「モテ講座」の講師をしていた。それがいまや、乳房も腋窩もさらされ、下半身に至ってはパンティストッキングを脱ぐことすら許してもらえない。

上杉は眼福を噛みしめながら、服を脱いだ。いちおうスーツにネクタイまでしてきていたが、Tシャツとブリーフだけになって視線を脂《あぶら》ぎらせていった。

「そっ、そんなに見られると……恥ずかしい……」

うつむいて頬を赤く染めている乃梨子は、女体と下着の関係を深く理解しているはずだった。ガーターストッキングに吊られたセパレート式のストッキングが、どれだけ女の体を美しくセクシーに飾るものなのか……。

それに比べ、パンストはあまりにもみじめだった。ミニ丈のスカートを穿く以上、他に選択肢はなかったのだろうが、パンストはあくまで、男の眼にはさらさない前提のアンダーウエアである。

「キッ、キスしてもらっていい？」

乃梨子が震える声で言った。ずいぶんと勇気を振り絞って言ったようだが、上杉は黙ったまま首を横に振った。彼女の魂胆はあきらかだった。キスをすることで、親和的なムードをつくりたいのだ。要するに怖がっている。両手の自由を奪われた状態でいることにおののいている。

「この部屋のルームチャージって、いくらなんです？」

上杉がとぼけた顔で訊ねると、

「えっ……」

乃梨子は不思議そうに首をかしげた。

「教えてくださいよ。いくらなんです？」

「五万円……はしなかったと思うけど……」

「ずいぶんと高い」

「気にしないで、わたしが払うから」

「ホテル代を女に払わせる僕は、ケチですかね？」

乃梨子は大きく息を吸いこんだ。嫌味を言われたせいだけではなく、上杉の右手が乳房に迫っていったからだ。

「モテ男になるためには、もっと気前がよくならなきゃいけないな」

「いいの！　本当に気にしないでほしいの！　わたしが誘ったんだし、わたしが会いたかったんだから……」

「会ってなにがしたかったんですか？」

指先が乳首のすぐ近くまで迫る。高貴な宝石のように赤く輝く彼女の乳首は物欲しげに尖って、濃密なエロスを振りまいている。

「会って……」

乃梨子は恥ずかしげに身をよじりながら言った。

「セッ、セックスが……したかった」

「ふうん」

「この前みたいな場所じゃなくて、ホテルの部屋で抱かれたらどうなるんだろうって、すごく興味があった……あううっ！」

　ちょんと軽く乳首に触れただけで、乃梨子は激しく身悶えた。

「あんがいつまらないかもしれませんよ。あのときは、物件の内覧中っていう、非日常的なシチュエーションでしたからね。それで興奮しただけかもしれない」

「そっ、そんなこと……」

　乃梨子は髪を跳ねさせて首を横に振った。

「そんなこと、ない……と思う……」

　もうすでに、息苦しいほど興奮していると、彼女の顔には書いてあった。悪い気分ではなかった。上杉はご褒美に、プリンスメロンのような乳房を裾野からすくいあげ、やわやわと揉みしだいてやった。

「あああっ……はぁあああっ……」

　乃梨子は上杉を見つめながら、身をよじらせた。太腿もしきりにこすりあわせている。なるほど、拘束プレイはいやらしい。普通なら男にしがみつけるのに、それを禁じられている。恥ずかしい格好のまま、恥ずかしい動きをするしかない。

「もう一度聞かせてください。僕と会ってなにがしたかったんですか？」

「セッ、セックス……」

「オマンコでしょ」

「オッ、オマンコです」

「熱くなってますか？」

「えっ？」

「オマンコ熱くなってますか？」

乃梨子はごくりと生唾を呑みこんでから、ゆっくりとうなずいた。

「わかるんですか、自分で？」

「わかる……」

「まだおっぱい揉まれてるだけなのに、どうしてオマンコが熱くなってんです？」

「そっ、それは……わからない……あああっ！」

腋窩に舌を這わせてやると、乃梨子はのけぞって悲鳴をあげた。バスルームの中なので、耳障りなほど反響する。

「ほんのり汗の味がしますね」

「いっ、言わないで……」

「こうされると、オマンコもっと熱くなりますか？」

ねろり、ねろり、と腋窩を舐めては、丸々とした乳房を揉みしだく。指を頂点まで這わせていき、乳暈《にゅううん》をなぞってやる。

「あっ、熱くなるっ……オマンコとっても熱くなってるっ……はぁあああっ！」

上杉は乳首を舐めあげた。ざらついた舌腹でこすりあげるようにしては、唾液をたっぷりと付着させた。そうしておいて、舐めていないほうの乳首を指で転がした。爪を使ってくすぐるように刺激してやると、乃梨子は特別感じるようだった。

「あああっ……はあああああっ……」

早くもあえぎはじめ、なにかをこらえるように太腿をこすりあわせる。淫らなダンスを踊るように腰をくねらせては、足踏みまでしはじめる。

4

「ずいぶん気持ちよさそうじゃないですか？」

上杉は、だらしなく蕩《とろ》けきった乃梨子の顔にささやきかけた。

「いっ、いいっ……いいのっ……すごく気持ちいいっ……」

もっと刺激してとばかりに、乃梨子が見つめてくる。メガネの奥で濡れた瞳は、いまにも欲情の涙さえ流しそうだ。

「僕は全然気持ちよくないですけどね」

上杉がつまらなそうに言うと、乃梨子はハッと眼を見開いた。

「なっ、舐めさせて……フェ、フェラしてあげる……わたし、自信があるの……けっこううまいはずなの……モテ講座やるためにアンケートとったり、詳《くわ》しく調べたりしたから……」

「そんな話をしてるんじゃないっ！」

上杉が怒声をあげて一喝《いっかつ》したので、乃梨子の顔は凍りついたように固まった。

「僕はいま、屈辱にまみれているんですよ。ホテルのルームチャージを女に払わせて、みじめでみじめでしょうがないんですよ」

「だっ、だからそれはっ……」

乃梨子は焦りすぎて言葉を継げない。酸欠の金魚のように口をパクパクさせている。

「気にしないでいいなんて言って、本当はそんなこと全然思ってないでしょ。思ってたら、受講生の中に僕がいるのに、あんな話をするはずないですからね」

左右の乳首をつまみあげ、ねちっこく押しつぶしてやる。

「あああっ……いやあああっ……」

乃梨子はくびれた腰と両膝をガクガクと震わせた。

「ケチがモテてるのを見たことないとか、割り勘をする男なんて信じられないとか、あれ全部、僕に対するあてつけでしょう？　オマンコするためのホテル代すら女に払わせる、ドケチな僕への……」

「ちっ、違うっ！　違いますっ！」

乃梨子は黒髪のショートボブを振り乱して首を振った。メガネの奥の両眼から涙があふれだした。

「わたしが誘ったんだから、わたしが払うだけだって、何度言ったらわかってもらえるの？」

上杉は彼女の顔からメガネを取り、洗面台に置いた。裸眼になった乃梨子の顔を、息のかかる距離でまじまじと見つめてやった。

「泣いたって許しませんからね」

唇を歪めてささやき、頬を伝った涙を指で乱暴に拭う。乃梨子はまばたきも忘れたように眼を見開き、ハアハアと息をはずませている。

「本当は、あんなこと言われた時点で、帰ってやろうと思ったんですよ。でも、きっちりお礼をしないと帰れないと思い直して、涙を呑んで女にホテル代を払わせるドケチ野郎になってやったんです」

言いながら、脇腹や腰に手のひらを這わせた。その手はじわじわと、股間に向かっていく。

「ごっ、ごめんなさいっ！」

乃梨子は涙声で叫んだ。

「あなたを傷つけるつもりじゃなかったの……傷つけたなら謝ります……許してください……」

「許せませんねえ」

手のひらがついに、股間に届いた。直接触れなくても、手をかざしているだけで熱気が伝わってきた。二枚の薄布の奥はもう、ドロドロになっていそうだった。

「ドケチと侮辱してくれたお礼に、涙が涸《か》れるまでいじめ抜いてあげますよ。なにされると思います？　ねえ、奥さん、これからどんなふうにいじめられちゃうと思います？」

乃梨子は小刻みに首を左右した。エレガントな美貌がひきつりきっているのは、想像しているからに違いない。これからなにをされるのか……。実際に殴《なぐ》られるより、人間に備わる能力の中で、想像力ほど厄介《やっかい》なものはない。実際に殴られるより、殴られることを想像したほうが怖い。怒鳴り散らされるより、無言のほうが不安を煽《あお》りたてる。

上杉は黙って乃梨子の顔を眺めつつ、彼女の片足を浴槽の縁にのせた。パンティストッキングとローズピンクのショーツに艶めかしく飾られた乃梨子の股間は、無防備な状態に開かれた。

「ねえ、なにをされると思うんですか？」

内腿に手のひらを這わせていく。極薄のナイロンに包まれた熟女の太腿の感触は溜息が出そうなほどいやらしく、撫《な》でさすり方にも熱がこもる。指を食いこませて揉みしだけば、熟れた肉の柔らかさに感嘆せずにはいられない。

「あああっ……あああああっ……」

　真ん丸に見開かれた乃梨子の眼が、自分の下半身に向かっていく。上杉の手は、いままさに彼女の股間に到達しようとしていた。Vサインをつくり、二本指で太腿の付け根をなぞる。それだけで、乃梨子はビクビクと腰を跳ねあげた。続いて、一本指が迫っていく。中指だけで、アヌスから恥丘に向かって、パンストのセンターシームをなぞるように、すうっと指腹を這わせてやる。

「あううっ！　あううっ！」

　乃梨子はもはや、半狂乱の一歩手前だった。中指の指腹に感じた柔肉は呆《あき》れるほど熱くなり、パンストのナイロンの表面までじんわりと蜜を滲《にじ》ませていた。すうっ、すうっ、と指を這わせる。乃梨子の眼からは大粒の涙がとまらない。ほとんど号泣している。

　上杉はおもむろにしゃがみこむと、パンストを破いた。ビリビリッというサディスティックな音がバスルームに響き渡り、乃梨子は悲鳴をあげたけれど、上杉はかまわずローズピンクのフロント部分に指をかけた。男を惑わすハイレグカットを、ぐいっと片側に掻き寄せた。

まず眼に飛びこんできたのは、こんもりと盛りあがった白い小丘だった。普通なら当然そこにあるべき、黒い草むらがなかった。パイパンだったのだ。それも、剃《そ》り跡のようなものはなく、本当につるつるだから、エステサロンなどで金をかけて処理しているに違いない。

陰毛がないということは、花びらが剝きだしということだった。乃梨子は片足を浴槽の縁にのせているから、目の前に突然、淫靡《いんび》な花が咲いた感じだった。大ぶりで肉厚で縁がやや黒ずんでいる花びらは、まだ口を閉じていたから、花というより蕾《つぼみ》だったが、呼吸を忘れるくらい衝撃的な光景だった。

陰毛のない女性器はこんなにも生々しいものだったのかと、上杉は感嘆した。口を閉じた様子は巻き貝のようであるが、開けば海底でうごめくイソギンチャクのごとき妖気を放ちそうだった。

「いやらしいオマンコですね……」

思わずつぶやいてしまった。見た目がそうだったからだけではない。パンストとショーツの覆いから解放された乃梨子の花は、むっと湿った熱気とともに、強い匂いを振りまいていた。触る前から、女体の発情をこれでもかと伝えてきた。

上杉は両手を使って丁寧に合わせ目を開いた。縁の黒ずんだ花びらの下に隠れていたのは綺麗な薄桃色の粘膜だったけれど、恥知らずなほど濡れていた。花びらを開いた瞬間、粘り気の強い蜜がトロリとアヌスのほうに垂れていった。渦を巻いている肉ひだは呼吸をするようにひくひくとうごめき、肉ひだと肉ひだの間に白濁した本気汁までからませている。

上杉は花びらをぱっくりと開いたまま、合わせ目の上端に指を伸ばした。そこに隠れているはずのものを探すため、そっと包皮を剝いてみた。

陰毛があれば見えづらいクリトリスが、守るもののない状態でツンと尖っていた。それも熟女であるせいなのか、ずいぶんと大きかった。未央の肉芽は米粒ほどしかなかったが、ゆうに三倍はある。

「舐めてほしいですか？」

上杉はしゃがんだまま乃梨子を見上げた。

「舐めてほしい……です……」

乃梨子は遠慮がちに言った。

「ドケチと侮辱しておいて、オマンコは舐めさせるんですね？」

「だからっ！」

乃梨子の眼から、いったんとまっていた涙が再び流れだした。

「傷つけたなら謝るって言ってるじゃないのっ！」

「口先だけで謝られてもねえ」

「じゃあどうしろっていうのよっ！　どんなお詫びをすれば許してくれるのか、言ってみなさいよっ！　なんでもしてあげるからっ！」

「……なんでも？」

上杉は意味ありげに眼を輝かせると、剝き身のクリトリスを舐めた。いつものようにつるつるした舌の裏側で、ねちっこく……。

「はっ、はぁあああーっ！　はぁあああああーっ！」

舐めていたのは、ほんの十秒かそこらだった。それでも、乃梨子の体からは汗が噴きだしてきた。匂いでわかった。この甘ったるい汗の匂いは、女が発情したときにかく汗の匂いだ。運動で流す汗とは違う。

「いっ、いまイキそうだったたっ……すぐイッちゃいそうだったたっ……」

乃梨子は体中を小刻みに震わせながら口走った。あまりに短時間でイキそうになった驚愕のためか、眼を見開いていた。瞳孔まで開いていそうだった。

「僕のクンニはつるつるした舌の裏側を使いますからねえ。人より舌が長いんですよ。舌が短い人には難しいらしい……」

再び、ツンと尖ったクリトリスに舌を近づけていく。だが、今度は舐めてやらない。フェイントだけだ。

「ところで、僕と奥さんはどういう関係なんですかね？」

「ええっ？　えええっ？」

乃梨子は訳がわからないという顔で首をかしげる。彼女の頭にあるのはもう、クリを舐められる快感だけのようだ。

「結婚してる人のオマンコ舐めてるわけですから、お互いに悪いことしてるんですよね？　共犯者って感じですか？」

「そっ、そうね……そうよ……」

「僕を侮辱したお詫びに、なんでもしてくれるって言いましたよね」

「言ったわよ」

「じゃあ、共犯者は共犯者として、もうひとつ新しい関係を結んでもらえませんか？」

「……なに？」

「ビジネスパートナーにもなってもらいたいんですよ」

上杉は乃梨子の顔を見上げながら、右手の中指を彼女の肉穴に入れていった。したたるほどに濡れていたので、根元まですんなり埋まった。指を折り曲げてGスポットに軽く触れると、肉穴全体がキュッと締まり、乃梨子はのけぞって悲鳴をあげた。

「心配しなくても大丈夫です、奥さん。投資を迫ったりするわけじゃない。奥さんはなにひとつ損をしない……」

「そっ、その話……いまじゃなきゃダメなの？」

乃梨子は顔をくしゃくしゃにして言った。

「ビジネスの話なら、終わってからあとでゆっくり……」

「不愉快だな！」

上杉は肉穴から指を抜いて立ちあがった。

「お詫びになんでもするって言ったのは奥さんでしょ！　だから話をしてるのに、あとにしてくれとは……もしかして、僕のこと馬鹿にしてます？」

「ちっ、違うっ！　そうじゃないっ！」

乃梨子は言い訳しようとしたが、上杉は取りあわず、自分の服を持ってバスルームを出た。扉を閉めると、その向こうから叫び声が聞こえてきた。泣きじゃくっているようだった。

上杉はミニバーから缶ビールを出し、ソファに腰かけて飲んだ。バスルームに戻ったのは、たっぷり十五分は放置プレイをしてからだった。

乃梨子はまだ泣きじゃくっていた。「ひっ、ひっ」と嗚咽《おえつ》をもらし、アイメイクがすっかり流れてしまうほど大量の涙を流して、発情しきった体を放置されるつらさに耐えていた。

上杉を見て、ハッと息を呑んだ。その表情には、ようやく放置プレイから解放されるという安堵《あんど》はなく、ただ驚愕だけが浮かんでいた。

上杉が服を着ていなかったからだ。Tシャツとブリーフを脱ぎ、股間でペニスを隆々と反り返した格好で、バスルームに戻ったのである。

「足を元の場所に」

上杉が静かに言うと、両足を床につけていた乃梨子は、あわてて片足を浴槽の縁に乗せた。股を開く格好になった。上杉は近づいていき、ローズピンクのショーツをあらためて片側に搔き寄せた。

呼吸も忘れて眼を見開いている乃梨子の前から体を密着させ、性器と性器の角度を合わせた。濡れた花園で亀頭がヌルリと滑っただけで、乃梨子の顔は淫らな期待でくしゃくしゃになった。

「ビジネスの話、してもいいですか？」

乃梨子にはもう、拒むことなどできなかった。まともに話すことさえできず、切羽つまった顔で首を縦に振ることしかできない。

「あああっ！」

上杉が腰を前に送りだすと、乃梨子は正視できないほど浅ましい表情で声をあげた。対面立位はいささか難しい体位だが、肉穴がびしょ濡れだったので、上杉は悠々といちばん奥まで入っていった。

第四章　盗撮の家

1

三カ月が過ぎた。

花冷えだった季節は梅雨《つゆ》の終わりまで移り変わり、雨上がりに差しこんでくる陽光はもうすっかり夏のものだった。

その間、上杉の生活には大きな変化があった。まず、実家を出て部屋を借りた。中目黒の2LDK。タワーマンションではないが、高台に建っているので、五階でも充分に見晴らしがいい。

未央と一緒に住むためだった。家具や家電やカーテンをひと通り揃えた状態で連れてきたときの、彼女の反応は忘れられない。

「なんだか……おしゃれなカフェみたい……」

自由が丘にある雑貨店のスタッフに未央の写真を見せ、そのイメージを伝えて、家具などをすべて選ばせた。まったく、世の中は便利になっていく一方だ。センスに自信がなくても、金さえ出せば、女を感動させる部屋がすぐにできあがる。金さえ出せば……。

「ここで一緒に暮らそう」

「本当に？」

「ああ、キミも頑張ってくれてるしね。当然の権利だよ」

部屋を借りることに先立って、上杉は未央をアルバイトとして雇っていた。下町の煤《すす》けた不動産屋でお茶くみをさせるためではない。扱うものは不動産だが、いままでとはまったく違う、新しいビジネスを始めるためだった。

一種の「デート商法」である。

上杉は乃梨子にある約束をとりつけた。「結婚したければ家を買え」とモテ講座で言ってもらうことにしたのだ。もちろん、ただ言うだけではなく、何度も繰り返して受講者の脳味噌に刷《す》りこみ、洗脳に近い状態にしてもらう。全員は無理でも、カリスマ性のある乃梨子が言えば、本気で信じこむ人間が続出するはずだった。

モテ講座の講師の意見としても、それほど見当違いではあるまい。自分名義の戸建てやマンションを所有しているということは、経済力がある証だし、なにより将来について真剣に考えているように見える。この不安定な世の中で、女が男に求めるものはまず安定なのだ。ブランドもののスーツを着ているより、派手な外車を乗りまわしているより、持ち家がある男のほうが、婚活市場では有利に決まっている。

「ただし」

上杉は念を押した。

「洗脳した受講者が向かう先は、うちの不動産屋にしていただきたい。方法はおまかせします。親切な業者がいるとか、うちで家を買えばかならず結婚できるというジンクスがあるとか、なに言ってもいいですから、とにかくうちにコンタクトをとらせてください。奥さん頭いいから、それくらいできますよね？」

うなずいた乃梨子には、たっぷりと褒美《ほうび》を与えてやった。挿入とクンニを交互に繰り返し、失神するまでイキまくらせてやった。

乃梨子は期待以上の活躍をしてくれた。よほど上杉に与えられるオルガスムスを手放したくないようだった。講座があるたびに、五人前後の相談者がコンタクトをとってきた。

そうやって乃梨子が流してくれた客を、住居とは別に中目黒に用意したワンルームマンションで迎え撃った。そこが、上杉の新しいオフィスだった。上杉自身は下町の店にいるのだが、未央が接客する。「申し訳ございません、いま店長は外に出ておりまして」と言いつつ、家探しの相談に乗る。ふたりきりのワンルームで、「わたしだったら、こういうおうちに住みたいな」などと言って……。

未央には白いシャツにチェックのベストの事務服を着せた。ひと昔前の「お茶くみOL」的な装いだ。いまではすっかり常識が変わってしまったが、本格的な仕事を与えられず、雑用に終始している「お茶くみOL」は、つまるところ男性社員の嫁候補だった。会社が男女の出会いを用意し、結婚を奨励《しょうれい》するいい時代が、少し前の日本にはあったのである。

現在婚活中の、三十代、四十代の男たちには、まだその記憶がうっすらと残っているはずだった。そして未央は、いかにも守ってあげたくなるような、お嫁さんにしたくなる清純派だ。

「どんなにキモい男が来ても、ニコニコ笑って仲よくなってくれ」

上杉は懇々《こんこん》と言い含めた。

「無理に家を売ろうとする必要はない。そうじゃなくて、新婚生活を想像させるんだ。持ち家で家族と暮らす、春の陽だまりのような生活を……ステレオタイプでかまわない。ただ、キミの本音を多少盛りこんだほうがリアリティが出る。なんでもいいんだ。犬が飼いたいとか、庭でハーブを育てたいとか……」

未央は頭が悪くない女だったから、上杉の意図することをすぐに理解してくれた。しかし、頭が悪くないゆえに、詐欺ではないのかと猜疑心も抱いた。

「騙すわけじゃなくて、夢を見させるんだ。キミはまだ大学生だからよくわからないかもしれないけど、商売っていうのはそういうものなんだよ。ＣＭなんて嘘ばっかりじゃないか。こんな金持ってそうな美人女優が軽自動車なんかに乗るわけないだろ、みたいな突っこみどころが満載《まんさい》だろ？　でも、みんな黙《だま》ってそれを受け入れている。なぜか？　買うほうだって、騙されて夢が見たいからさ。外車なんて乗れないけど、この軽自動車はあの美人女優がＣＭで乗ってるクルマなんだって思うことで、いい気分になりたい……わかるよね？」

未央は少し逡巡《しゅんじゅん》しながらも、うなずいてくれた。その背景には、彼女自身にも金が必要だという事情もあった。

上杉に抱かれてしまった以上、渡瀬龍太郎とは縁を切るしかないと腹を決めてくれたようだった。しかしそうなれば、龍太郎の事務所からもらっていた安くないアルバイト代が消えてなくなる。上杉に協力し、上杉の新しいビジネスを成功させるために協力しなければならなかったのだ。

「わたし、お客さんにはいっぱい嘘をつくことになると思います。でも、上杉さんには嘘をつきませんから……」

まなじりを決して言った。

「だから上杉さんも、わたしにだけは嘘をつかないで……」

上杉はうなずき、抱きしめた。可愛い女だった。デート商法の餌《えさ》にするのは胸が痛んだが、ふたりで幸せになるためにはしかたのないことだった。

未央の頑張《がんば》りのおかげで、ビジネスは軌道《きどう》に乗った。一週間に三つの契約をまとめたこともあり、順調すぎて怖いくらいだった。

しかも、さばいている物件は普通のものではなかった。三千万円台の中古マンションが中心だったが、条件が悪くて売れ残り、一千万円台でもいいから売ってほしいと大家が泣きついてくるようなものばかりだった。上杉はそれを三千万円台、ときには四千万円台で売り抜いた。

交通の便が悪い、築年数が古い、近くにあったショッピングモールが潰れて買い物難民になった――そういった悪条件をカバーする付加価値をつけていたので、高額なのは当然と言っていい。

付加価値とは、未央である。乃梨子に洗脳されて上杉のオフィスに訪れ、未央と仲よくなった男たちは、例外なく未央に恋をしていた。物件を探すために店に来たり、LINEを交換するだけではなく、未央にはデートにまで応じさせていた。ランチや映画鑑賞など軽いものだが、それでも結婚を焦っている男たちが、自分にやさしくしてくれる二十一歳の清純派に恋をしないわけがなかった。

家を買ったあかつきには未央にプロポーズをしようと鼻息を荒くしている者も少なくなかったようだが、売買が成立すれば未央の携帯電話は繋がらなくなる。焦って店に電話をしてきても、対応するのは上杉だった。自分は未央と何度もデートをした仲

だから連絡先を教えてくれなどと言われれば、

「あなた、うちの従業員に手を出したんですか？　セクハラで訴えますよ」

そう怒鳴りつけてやった。未央は肩を抱かれたり、手を繋がれたりするたびに泣いていたらしいから、客にも後ろめたさがあり、二度と文句は言ってこなかった。

「キミは僕の宝物だよ……」

上杉と未央は、新居の広々としたベッドで毎晩のように愛しあった。二十一歳の清潔な体を抱きしめているのは至福そのもので、柔らかい布で水晶の玉を磨くように愛撫した。

金をもらって愛人をやっていたとはいえ、未央は性的な経験が深くなかった。愛人としては手と口しか使っていないし、性感を開発されることもなかったから、むしろ結合状態で中イキができるほうが奇跡のようなものかもしれない。

いや、未央の体には本来、その清潔な見た目とは裏腹に、豊かな性感が眠っていたのだ。だからこそ、上杉に最初に抱かれたときに中イキできた。その体を開発していくことくらい、男として充実感を覚えることはなかった。未央の体は文字通り日進月歩で、昨日より今日、今日より明日のほうが確実に乱れた。

「ダッ、ダメですっ……またイッちゃいますっ……」

そう言いながら絶頂を噛みしめるとき、未央はきりきりと眉根を寄せ、必死に歯を食いしばる。性感は日々開発されていっても、まだイクのが恥ずかしいのだ。その瞬間の表情を、男に目撃されることが……。

もちろん、男にとっては眼福以外のなにものでもない。服を脱がし、下着を奪った以上に、彼女の恥部をのぞきこんでいる満足感がある。両脚の間にあるのはただの器官であり、セックスのための道具にすぎない。女の本当の恥部はイキ顔である。オルガスムスを噛みしめているその表情にこそ、男を狂わすすべてがある。

付き合いはじめたばかりのころは、上杉は正常位しか求めなかった。それで充分だったし、正常位がいちばん抱いている実感が強いからだ。未央の可愛い顔が歪んでいくのを間近から凝視し、清潔な体を思いきり抱きしめながら射精を果たすと、自分の体まで浄化されるような、たとえようもないほどの恍惚《こうこつ》を覚える。

しかし、日々新しい快楽に目覚めている未央は、若くて健康な女の子だった。ごく普通に、セックスに対する好奇心をもっていた。

「あのう……ちょっと動画で見たんですけど……」

口ごもりながらそう言って切りだしてくるのは、決まって経験したことがないやり方についてだった。ネットでいやらしい動画ばかり漁《あさ》っているスケベな女、とは思わなかった。未央は真面目すぎる性格の持ち主で、なおかつ少し天然なところがあるだけなのだ。

年の離れた上杉が、自分とのセックスで本当に満足しているのか、心配しているのである。心配ゆえに、ついつい他人のセックスをのぞき見て、さらに不安になっていくのだ。自分はこんなことをされたことがない——そういうプレイばかりを目の当たりにしてしまうから……。

「AVなんて見せるためのセックスさ。真似《まね》する必要はないと思うな。大事なのは相手を思いやる気持ちのほうだよ」

いくらそう言っても、未央は納得してくれなかった。若い、ということなのだろう。大人の言葉で説明されるのではなく、自分で経験してみたいのだ。頭で考えるのではなく、体で感じたいのだ。五感を研《と》ぎ澄まして悦びを得ようというセックスであればなおさらだ。

未央がいちばん最初に強い興味を示したのは、騎乗位だった。上杉に動画を見せてきた。幼げな顔立ちをしているくせに、いやらしすぎる腰使いをするAV女優の動画だった。騎乗位クイーンの異名をとり、まるでサンバのダンサーのように自由自在に腰を動かす。

「こんなことする人って、本当にいるんですか？」

付き合いはじめてひと月後くらいだったろうか、当時はまだ、正常位一本槍でふたりはセックスに励んでいた。未央は上杉以外の相手とも、自分が上になる体位は経験がなかったらしい。

「この子は特別うまいんだろうけど……」

言いつつも、もうこれ以上未央の好奇心を抑えきれないと判断した上杉は、試してみることにした。あお向けになり、未央にまたがってくるようにうながした。

「どうした？　自分が上になりたいんだろう？」

未央はベッドの上で正座したものの、上杉が声をかけてもしばらくの間、動けなかった。羞恥心に胸を揺さぶられているようだった。男に無理やり求められたのではなく、自分からやりたいと言いだしたことが、よけいに恥ずかしいと思っているのかもしれなかった。

「無理しなくていいよ……」

慰《なぐさ》めるように言うと、未央は唇を嚙みしめながら上杉の腰にまたがってきた。それが未央という女だった。真面目で天然でひどい恥ずかしがり屋なのに、一度こうと決めたら貫き通そうという芯《しん》の強さがあった。

未央はふうふうと息をはずませながら、左右の膝を順番に立てていった。参考にしたAV女優の挿入のやり方の真似だった。もう少し控えめな繫がり方はあるし、恥ずかしいのならそこまでする必要はないと思ったが、上杉は黙っていた。自分の腰の上でM字開脚を披露した未央の姿に、悩殺されていたからである。

彼女が両脚を開いていれば、結合部分までつぶさにうかがえる。未央の陰毛は恥丘の上を小判形に飾っているだけだから、女の花のまわりは無毛だった。そそり勃《た》ったペニスに手を添えた未央は、そこに亀頭をあてがった。上目遣いをチラリと向けて、

「……いきます」

自分に言い聞かせるように言ってから、ゆっくりと腰を落としてきた。

最初は角度が合わず、何度か失敗したが、やがてずぶっと亀頭が沈みこんだ。未央は真っ赤に染まった顔を歪めながら、じりっ、じりっ、と結合を深めていった。一気

に咥えこまないのもまた、AV女優の真似だった。真似でもなんでも、衝撃的な光景であることに変わりはなく、上杉はまばたきができなかった。

「あああっ……」

根元まで沈めこむと、未央は声をもらして両膝を前に倒した。見た目のセクシー度はさがってしまったが、未央が健気に動きはじめたので、上杉の胸は熱くなった。それは、AV女優の足元にも及ばない、腰を使っているというより、体全体を揺さぶっているような動きだった。

チラッ、チラッ、とこちらを見てくる未央は、いまにも泣きだしてしまいそうだった。うまくいっていないことが、自分でもわかっているのだ。しかし、恥じる必要など少しもない。上杉だって童貞喪失直後はそんなものだった。納得のいくピストン運動ができるまで、半年くらいかかったはずだ。

「きっ、気持ちよくないですよね？」

申し訳なさそうに口走った未央を見ていられなくなり、上杉は下から抱き寄せた。上にいる女を四つん這いの体勢にすれば、男は下から突きあげやすい。上杉が尻の双丘を両手でつかんで連打を送りこむと、未央は悲鳴をあげてあえぎはじめた。彼女にとっては、下から突きあげられること自体が初体験だったので、快楽に翻弄《ほんろう》されるままイッてしまったけれど、その日の絶頂はいつになくせつなげで、上杉はますます彼女のことが好きになった。

それから二ヵ月が経った現在、未央は騎乗位でしっかり腰を使えるようになった。上体を起こした体勢でも、クイッ、クイッ、と股間をしゃくるように腰を動かし、上杉をおいてけぼりにして果ててしまうこともしばしばだった。

たまらない経験だった。

人並み程度に恋愛経験をしてきたとはいえ、こんなふうにじっくりとベッドマナーを教えてやり、性感を開発していった女は初めてだった。抱けば抱くほど未央は女として開花していき、上杉はその抱き心地に愛着を深めていった。なんだか大人への階段を一緒にのぼっているようで、未央とのセックスには、ただ単に快楽をむさぼる以上の、絆《きずな》のようなものを感じずにはいられなかった。

2

降りしきる雨の中、上杉はクルマで西新宿に向かった。

新車のクラウン・アスリートだ。新居同様、それも金まわりのよくなった証だった。十年落ちのライトバンで高層ホテルの車寄せに入っていくのは肩身が狭かったが、いまではそんな思いをすることもない。ルームチャージも、乃梨子に支払わせるようなことはしていない。

未央との愛を大切に育んでいるとはいえ、乃梨子をないがしろにするわけにはいかなかった。なにしろ、カモの供給元だ。彼女が「結婚への近道は持ち家を手に入れること」とモテ講座で力説してくれるおかげで、上杉の懐は潤った。感謝の気持ちを忘れてしまっては、バチがあたるというものだ。情報交換を兼ねて、週に一度はこのホテルで逢瀬を楽しんでいる。

蒸し暑い日だった。ハンカチで額の汗を拭いながらホテルのロビーに入っていくと、片隅のソファに乃梨子が座っているのが見えた。講座はすでに終わっている時間だった。涼やかな水色をしたノースリーブのワンピース姿が、あじさいの花を彷彿《ほうふつ》とさせた。

隣にはスーツ姿の男が座っていて、乃梨子の話に聞き入っていた。なんとなく自信がなさそうな雰囲気から、モテ講座の受講者だろうと察しがついた。おそらく、不動産購入について個人的に相談しているのだろう。

上杉は乃梨子に声をかけず、一瞥《いちべつ》しただけでフロントに向かった。乃梨子もこちらを見なかったが、上杉が前を通りすぎたことには気づいていたはずだ。

チェックインをしてカードキーを受けとると、エレベーターホールで少し待った。先に部屋に行っていてもいいのだが、なんとなく待ちたかった。水色のワンピース姿がそそったからかもしれない。

カツカツとハイヒールを鳴らし、乃梨子がやってきた。足取りも表情も急《せ》いていたが、上杉の姿を見てハッとした。バツが悪そうに歩くスピードを落とした。一刻も早く快楽の海に飛びこみたいのだが、それを男に見透かされるのは恥ずかしいらしい。

「……先に部屋に行っててくれてよかったのに」

エレベーターのボタンを押しながら、口の中でもごもごと言った。上杉はその横顔を、なぶるようにまじまじと眺めてやった。講義のときはいつもメガネをかけている彼女だが、今日はかけていない。

「そんなにオマンコしたいんですか？」

乃梨子は眼を見開いて顔をあげた。まわりに人はいなかった。とはいえ、高級ホテルのエレベーターホールだ。卑語を口にするのに、相応《ふさわ》しい場所とは言えない。

「どうなんです？」

身を寄せていくと、

「したいわよ、そりゃあ……」

乃梨子は少女のように肩をすくめた。ロビーで受講生を相手にしていたときはあれほど堂々としているのに、いまの彼女は別人だ。

「なにがしたいか、言ってください」

「やめて……こんなところで……」

乃梨子は身をよじった。上杉の手のひらが、尻を触りはじめたからだった。彼女の着ているワンピースは体にぴったりとフィットしていた。まるでスタイルのよさを誇示するようなものだった。

「あんまり素敵だから、触らずにはいられないんですよ」

「それは……嬉しいけど……」

乃梨子は気まずげに口ごもった。表情が、女の顔とビジネスパーソンの顔の間で揺らいでいる。

チンと音がしてエレベーターの扉が開いた。乃梨子は安堵したようだったが、上杉は彼女の腕をつかんでその場から動かなかった。もう一度チンと音がして、エレベーターの扉が閉まっていく。

「なにがしたいか言わないと、部屋には行きませんよ」

「そんな……」

乃梨子は眼の下を赤く染めた。

「こんなところで許してよ……部屋に行ったら、なんでも言うとおりにするから」

「言わないと部屋に行けないんですよ」

上杉は彼女の腕をつかんだまま歩きだした。向かった先はトイレだった。エレベーターホールからトイレの出入り口は見えていた。十分ほどここで乃梨子を待っていたが、誰も入っていかなかった。利用者がいる可能性はゼロではないが、かなり低いだ

ろう。紳士用に入っていこうとすると、

「まっ、待ってっ！」

乃梨子が焦って足を踏ん張った。

「いっ、言うから……言うから許して……」

「もう遅いんですよ」

上杉は乃梨子の手を強引に引っぱり、トイレの中に入った。幸いなことに、人影はなかった。三つある個室も、すべて扉が開いている。

上杉はそのうちのひとつに入って鍵を閉めた。怯《おび》えきっている乃梨子の顔をまじまじと眺め、ニヤリと笑った。

「たまにはこういうところでするのも刺激的でいいでしょう？」

「そっ、そんなっ……部屋にっ……部屋にっ……」

戸惑い、混乱している乃梨子の背中に手をまわし、ホックをはずしてファスナーをさげていく。ワンピースというのは、脱がすのが容易《たやす》いものだった。高そうな服なので、皺にならないようにフックに掛けた。さらにブラジャーも奪った。白いシルク製のハーフカップだった。

トイレの個室でまさかそこまでされるとは思っていなかったのだろう、乃梨子は抵抗しようとしたが、人が入ってくる気配がした。そうなると、声はもちろん、物音すらたてられない。豊満な乳房を露わにされるしかない。

「ううう っ……」

水色のワンピースはフックに掛けられていても高級感を漂わせていたが、それを奪われた乃梨子の姿はみじめなものだった。両手で乳房を隠しても、下半身はナチュラルカラーのパンティストッキングに純白シルクのハイレグショーツだ。彼女がいちばん見られたくない格好だった。裏を返せば、いちばん興奮する……。

扉の外で人が出ていく気配がしたので、上杉は乃梨子を抱き寄せた。

「いい格好ですよ」

なぶるように言いながら、乳房を隠している両手を剝がした。豊満なふくらみを下からすくいあげ、やわやわと揉みしだく。

「んんっ……くううっ……」

乃梨子は唇を閉じていたが、それでも声はもれてしまう。いきなりワンピースを脱がしたのがよかったらしい。脱いではいけない場所で服を脱げば、恥ずかしさと心細さで気持ちが揺らぎ、体中が敏感になる。

「やっ、やめてっ……お願いっ……」

ひきつりきった顔を左右に振っている乃梨子を、上杉はさらに責めたてた。乳首を口に含み、吸った。ふくらみを揉みしだきながら緩急をつけて吸いたて、左右とも生温かい唾液にまみれさせた。

さらに腋窩だ。手を上にあげさせ、無防備になった腋の下に舌を這わせた。くすぐったがる乃梨子を嘲笑うように何度も何度も這わせながら、唾液にまみれた乳首も指で転がす。ふくらみに指を食いこませる。そしていよいよ、下半身にも……。

手のひらが腹部に這っていったあたりで、乃梨子が手首をつかんできた。強い力だった。必死の形相で見つめられた。下半身まで刺激されたら絶対に声を出してしまう、と彼女の顔には書いてあった。

ならば……と、上杉は乃梨子をしゃがませた。ベルトをはずし、ファスナーをさげ、勃起しきったペニスを彼女の顔の前で反り返した。

乃梨子に口を開けさせ、突っこんだ。「ぅんぐっ！」と鼻奥で悶えた彼女の声は、屈辱にまみれていた。ここはトイレだった。トイレでフェラチオを強要されるなんて、便器にでもなった気分だろう。しかし、彼女はマゾヒスト。屈辱を与えれば与えるほど燃える、変態性欲者なのである。

未央が女として開花していく一方、乃梨子はマゾヒストとして開花していった。上杉と出会う前は、好奇心はあっても、せいぜいSMクラブの客にオモチャで悪戯《いたずら》されるくらいで、本格的なプレイは経験していなかった。しかし、上杉に対してNGはない。上杉もまた、サディスティックに振る舞う自分に興奮するようになっていった。

「うんぐっ！　うんぐっ！」

頭をつかんで勃起したペニスを抜き差しすると、乃梨子は鼻奥で悶え泣いた。ただのフェラチオではなく、よりハードなイラマチオだ。息ができないくらい深く突っこんでいたし、涙を流してもおかまいなしに責めたてた。上杉は激しく興奮していた。サディスティックな性癖などなかったはずなのに、乃梨子が相手だといくらでもひどいことができるのだった。

これもまた、相性のひとつなのだろう。未央にこんなことはできないし、ただペニスを舐めさせるだけでも申し訳なく思ってしまう。彼女の清らかな舌を穢《けが》したくないなどと本気で思っているのに、乃梨子が相手だと喉奥まで亀頭を突っこみ、悶え苦しませることに言い様のない興奮を覚える。

「ぐっ……」

乃梨子の顔色が変わった。また、トイレに人が入ってくる気配がしたのだ。もう抜いてほしいと目顔で訴えてきたが、上杉はもちろんとりあわなかった。さらに激しく責めたてた。女体と繋がってピストン運動を送りこんでいるときのように、腰を振りたててペニスを抜き差ししてやる。唾液まみれになっている口唇から、じゅぼっ、じゅぼっ、と無残な音がたつ。

人の気配がなくなるまで、乃梨子は声をこらえきったが、涙はとまらなかった。アイメイクがすっかり落ちてしまうまで泣きつづけ、上杉がようやく口唇からペニスを抜いてやると、胸元にこぼれた涎《よだれ》を拭うこともできないまま言ってきた。

「オッ、オマンコッ……オマンコしてくださいっ……」

3

階上の部屋に移動した。

トイレの個室で口唇を責め抜かれた乃梨子はグロッキー状態で、部屋に入るまでずっと下を向いたままひと言も口をきかなかった。とはいえ、上杉が射精まではしなかったこともあり、ふたりの間に漂う空気は張りつめたままだった。乃梨子はあきらかに、これから始まる第二ラウンドに向けて身構えていた。

部屋に入るなり、上杉は無言のまま乃梨子から服と下着を奪った。生まれたままの姿にしてベッドにあお向けに寝かせ、両脚をM字に割りひろげてクンニリングスを開始した。

「あああっ……」

花びらを軽く舐めあげただけで、乃梨子は背中を弓なりに反り返した。パイパンなので、彼女の花は剝きだしだった。愛撫などほとんどしていないのに、いやらしい匂いのする蜜をたっぷりとしたたらせていた。白濁した本気汁さえ滲ませて、縁の黒ずんだ花びらをひときわ淫靡な姿にしていた。

上杉は蜜を拭うように舌を這わせた。くなくなとうごめく舌が花の上を行き来するほどに、女体は生気を取り戻していった。先ほどまでのグロッキー状態が嘘のように、乃梨子はいやらしいほど身をよじりはじめた。

上杉の体も、熱く火照っていく。トイレで行なったイラマチオの余韻《よいん》がまだ残っていて、汗が噴きだしてきた。服を脱いで全裸になり、クンニを続けた。

濡れ具合を確かめるため、肉穴に指を沈めた。乃梨子の中は、奥の奥までよく濡れていた。すぐに結合しても、ボルテージの高い腰の振りあいができそうだったが、上杉はヴァイブを取りだした。

最近は女性が自分で買い求めるためのスタイリッシュなデザインも増えているが、そういうものではなく、男根を模した形をし、側面に無数のイボイボがついた昔ながらのヴァイブである。色はどぎつい紫で、金銀のラメまで入っている。

上杉はセックスに小道具を用いることを好まず、たとえば未央が相手だと使ってみたいとさえ思わなかったが、乃梨子の場合は特別だった。「今度こういうのを買ってきましょうか」とスマホでヴァイブの画像を見せたところ、

「絶対にやめて」

唇を怒りに震わせた。

「そんな穢《けが》らわしいもの、絶対に体の中に入れてほしくない……」

そこまで言われてしまうと、逆に是が非でも試してみずにはいられなかった。彼女はマゾヒストだから、むしろ誘っているのではないかと思ってしまったくらいだ。

「予告通り用意しておきましたよ」

上杉が紫色のヴァイブを見せてやると、

「えっ……」

心地よさそうにクンニにあえいでいた乃梨子の顔から、血の気が引いていった。

「そっ、それだけはやめてって言ったはずだけど……」

「でも、SMクラブじゃ使ってたんでしょ?」

「あそこでは電マよ。コスチュームの上から振動を送られただけ。ペニス以外のものを入れられるなんか考えただけでもおぞましい。しかもそんなグロテスクな形のもの……とにかく絶対にやめてちょうだい」

「そうですか……」

上杉はしらけた顔で言い、ヴァイブをベッドの上に放り投げた。もちろん、最後まで放置するつもりはなかった。乃梨子はいま、両脚をM字に開き、縁が黒ずんだ花びらをぱっくりとひろげている。

パイパンなだけに、まるで餌に集《つど》う鯉《こい》の口のようだった。ヴァイブの登場に不快そうな顔をしていても、下の口は快楽が欲しくてしようがないのだ。

じっくりと舐めてやった。花びらの裏表に舌を這わせ、口に含んでしゃぶりあげ、薄桃色の粘膜の上に蜜が溜まってくると、じゅるっ、と音をたてて啜った。クリトリスはさらに念入りに、包皮を剝いたり被せたりしつつ、つるつるした舌の裏側でチロチロ、チロチロ、と刺激してやる。

「くっ……くぅぅうっ……」

乃梨子はシーツの上に指を這わせ、つかもうとするがつかめない。ようやく、枕の両端をつかむと、あられもないを通り越して、身も蓋《ふた》もない格好になった。いまにも訪れそうなオルガスムスを、迎え撃つように身構えた。

だが、彼女の思い通りになど、させるわけがなかった。イキそうになると性感帯から舌を離し、蕩けるように柔らかい内腿に頰ずりした。からかうようにくすぐったりキスをしたりしながら、開いた割れ目を閉じてやる。また開いては、ふうっと吐息を吹きかける。

「んんっ……くううっ……」

焦れた乃梨子が、腰をもじつかせた。

「じっ、焦らさないでよ……」

焦らされるのが好きなくせに、と上杉は胸底でつぶやきながら、クリトリスの包皮を剝いた。未央の三倍もある大きな肉芽を、舌の裏側で舐め転がしてやる。

「あああっ……いいっ！」

乃梨子はジタバタと手脚を動かした。

「あっ、あなたのクンニってどうしてこんなに気持ちいいの？　ねえ、イカせてっ……このままイカせてっ……」

「そんなにあわててイカなくてもいいでしょう？」

「でもっ……でもっ……」

乃梨子の顔は切羽つまり、すぐにでもイッてしまいそうだ。

「中も刺激してほしいんじゃないですか？」

「えっ……」

「オマンコの中ですよ」

「そっ、それはっ……」

乃梨子は恥ずかしそうに眼を泳がせた。言葉にせずとも、求めているのは一目瞭然だった。

「指を入れてあげましょうか？」

上杉はささやいた。Ｇスポットとクリトリスの同時責めが、乃梨子は大好きだった。もっとも、そんなものが嫌いな女など少ないだろうが。

「いっ、入れて……ほしい……」

遠慮がちにねだってきた乃梨子を見て、上杉はニヤリと笑った。

「わかりました……」

紫色のヴァイブをつかみ、切っ先を割れ目にあてがっていく。

「ちょっ……まっ……そっ、それはっ……それは指じゃないでしょっ！」

「指ですよ。気持ちいいでしょう？　ほーら」

「はっ、はぁうううーっ！」

切っ先をずぶりと押しこむと、乃梨子は白い喉を突きだしてのけぞった。大胆に開かれた左右の内腿が、ぶるぶるっ、ぶるぶるっ、と衝撃に震える。

「やっ、やめてっ……それはやめてっ……」

「どうしてですか？　とっても気持ちよさそうですよ。指なんかより、いや、僕の粗チンなんかよりも、よっぽど立派だ。いやらしいイボイボもついてるし」

ぐりぐりと切っ先でえぐってやる。イボイボの部分はまだ中に入っていないが、花びらをわずかに刺激している。

「ああっ、ダメッ！　ダメようっ！」

乃梨子は黒髪のショートボブを振り乱して叫んだが、感じているのは火を見るよりもあきらかだった。上杉はゆっくりと抜き差ししながら、ヴァイブを深く埋めこんでいった。根元まで埋めこみ、さらにイボイボを引っかけるようにして抜いてやると、乃梨子の口からは獣じみた悲鳴が放たれた。

たまらない光景だった。

女がヴァイブを咥えこまされている光景はみじめなものだが、乃梨子の場合、元が高慢ちきな美人なだけに、みじめすぎてすさまじいエロスを放つ。パイパンのせいもあり、紫色の疑似ペニスがずっぽり刺さっている光景が衝撃的だ。いっそ「ヴァイブ美人」と命名したくなるほど、非日常的な色香に満ちている。

「ダッ、ダメッ……ダメダメッ……そんなにしたらっ……そんなにしたら、イッちゃうううっ……」

「イケばいいじゃないですか」

「いっ、いやよっ……ヴァイブでなんてイキたくない……」

「どうしろっていうんですか？」

「あっ、あなたのオチンチンでっ……乃梨子のいやらしいオマンコを、あなたのオチンチンで犯してっ……ああっ、お願いっ……」

「ダメですね」

上杉は冷酷に言い放った。

「ヴァイブでイキそうになってるくせにヴァイブを毛嫌いするなんて、ヴァイブに失礼じゃないですか」

奥をぐりぐりとえぐってやると、

「はっ、はぁうううう－っ！」

乃梨子はしたたかにのけぞってガクガクと腰を震わせた。

「でもまあ、そんなにヴァイブでイキたくないなら、気晴らしをさせてあげますよ」

上杉は座っている位置を乃梨子の両脚の間から、彼女の顔の近くに移動した。勃起しきったペニスを、口唇に咥えこませた。

「ぅんぐっ！　ぅんぐっ！」

「しっかり舐めてくださいよ。そうしたら、イカずにすむかもしれないし」

上杉は右手でヴァイブを操りながら、左手で乃梨子の後頭部を押さえた。一ミリでも深く咥えこめるようにぐいぐいと顔を引き寄せながら、腰を使って口唇をえぐっていく。だがさすがに、そのポジションでは乃梨子の股間と顔を同時に犯すのは難しかった。

かくなるうえは……と身を翻《ひるがえ》し、乃梨子の上に覆い被さった。男性上位のシックスナインである。

思いつきでとった体勢だったが、股間と顔の二箇所責めにはかなり都合がよさそうだった。まず、目の前に股間がある。ヴァイブがずっぽり割れ目に埋まっているが、こちら側にクリトリスがあるから舐めるのは容易だ。

さらに顔である。結合したときと同じ要領で腰を使えば、口唇をずぼずぼと犯すことができた。これなら、先ほどトイレで行なったイラマチオ以上に強烈な責めができそうだった。

早速、ヴァイブを抜き差ししながら、舌先でクリトリスを舐め転がした。ヴァイブをスピーディに動かすときは舌使いをねちっこく、ヴァイブをゆっくりと動かすときは舌使いを速めてやる。

と同時に、ぐいぐいと口唇にピストン運動を送りこめば、

「ぅんぐうっ！　ぅんぐうーっ！」

乃梨子は鼻奥で痛烈に悶え泣き、上杉の体の下でジタバタと暴れた。しかし、逃れることはできない。男に上から押さえこまれたままでは、顔ごと犯すようなピストン運動を甘んじて受けとめるしかない。

「ぅんぐううううーっ！」

乃梨子のうめき声が切羽つまってきた。上杉はヴァイブを動かし、クリトリスを舐め転がした。元から大きな肉芽がさらに肥大し、乃梨子はうめき声をもらしながら身構えた。次の瞬間、ビクンッ、ビクンッ、と腰が跳ねあがった。

絶頂に達したらしい。大股開きの両脚があられもなく悶え動き、宙に浮いた足指がなにかをつかもうとぎゅうっと丸まっていく。

乃梨子がイキきっても、上杉は責めるのはやめなかった。やがて口唇の中に熱い粘液を注ぎこむまで、乃梨子を二度、三度とイカせつづけた。

4

ルームサービスで頼んだ赤ワインを、乃梨子がグラスに注いでいる。

乱れた髪や化粧を直し、水色のワンピースを着た姿はまさしく高嶺の花、先ほどまでの痴態が嘘のようにエレガントだ。

ソファに座って彼女を眺めている上杉は、現実感を失ってぼんやりしていた。これほどいい女を、好き放題にしていた事実が信じられない。射精のあとの気怠《けだる》さも相俟《あいま》って、乃梨子とまぐわっていたことがなんだか夢のように思えた。

事後の段取りがイレギュラーなせいもあるかもしれない。

普段なら、セックスが終わるとすぐに帰宅する乃梨子が、今日に限って「少し飲まない？」と誘ってきた。なにか話があるようだった。

「実はね、ちょっと耳の痛い話をしなくちゃいけないの」

乃梨子はワイングラスをふたつ持ってソファの隣に腰をおろした。ひとつが上杉に渡され、乾杯をする。

「怖いなあ。なんですか？」

「あなたに頼まれた通り、いままで講座では『結婚したかったら持ち家を手に入れるべき』って力説してきたけど……」

「おかげで僕の人生は変わりましたよ」

上杉は笑ったが、乃梨子は表情を変えなかった。

「そろそろ限界ね」

「……と言いますと？」

「だって、うちの講座、そんなにたくさん受講生がいるわけじゃないもの。せいぜい百人くらい……その中で、経済力があって、購買意欲もありそうな人には、もうあらかた声をかけちゃったのよ」

「でも、クールが変われば、人も入れ替わるでしょう？」

上杉は不敵に笑った。乃梨子のモテ講座が、半年でワンクールになっていることは知っていた。

「それがスクールの都合で次は休講になっちゃったのよ。次のクール、わたしは美容講座をやることになってて、モテ講座が再開するのは半年後か……もしかしたら、もっと先かもしれない……」

「そんな……」

上杉は天を仰《あお》ぎたくなった。

「それじゃあ、もうカモの供給は……」

「カモって言わないでよ。わたしはいちおう、真面目に持ち家の購入を勧めてるんだから」

「いやいや、すみません。それにしても由々《ゆゆ》しき事態ですね……」

「急に誰もお客さんが来なくなったらあなたもびっくりすると思って、先に言っておくことにしたの。いまから次の手を考えておいたほうがいいわよ」

そう言われても、上杉に新しいビジネスのアイデアなどなかった。

たしかに……。

　このところ、乃梨子の講座から流れてくる客の数が減っているのは事実だった。クールが変われば大丈夫と思っていただけに、ショッキングな話である。

あまり欲をかくとろくなことがないぜ——もうひとりの自分が言った。

　乃梨子にカモを供給してもらい、未央で買う気にさせるという「デート商法」で、上杉の手元には五千万ほどが残っていた。たったの三カ月でである。いままでの月収が三十万に満たなかったことを考えると破格の金を手に入れたことになり、それで満足するというのもひとつの選択かもしれなかった。

　しかし、いったん大金をつかんでしまうと、なかなか元の生活には戻りにくい。月収三十万では、未央と住んでいる中目黒のマンションの家賃を払うだけで、ほとんどなくなってしまう。外食にしたって、未央のご機嫌をとるためにイタリアンだの高級焼肉だのに足を運び、舌が肥《こ》えてしまった。いまさら、外食といえばラーメンか牛丼の世界には戻れない。

「いい投資先でもないですかね？」

　上杉は乃梨子に訊ねた。

「いちおうまとまった金ができたんで、投資で大きく転がすことができれば……ローリスク・ハイリターンな話ないですか？」

「そんなのあるわけないじゃない」

乃梨子は鼻で笑った。

「あったら、わたしが投資してるわよ」

「ハハッ、そうかもしれません」

「でもまあ、ちょっと知りあいに訊《き》いておいてもいいわよ」

「本当に？」

「ええ」

「それはぜひお願いします」

上杉は頭をさげた。

「僕が金策に走りまわるようになったら、乃梨子さんだって困るでしょう？　忙しくて会えなくなるわけだから」

「……まあね」

乃梨子は意味ありげに眼を輝かせながら、身を寄せてきた。ふたりの間に、妖《あや》しい空気が流れた。唇を差しだしてキスを求めてきたので、上杉は応えた。

事後のワインを楽しみながらも、乃梨子はなんだか、満足していないようだった。まったく貪欲《どんよく》な女である。せっかくだからもう一回戦楽しみましょうと顔に書いてある。上杉はそれなりに満足しているのに……。

とはいえ、先のことを考えれば、乃梨子の機嫌をとっておくに越したことはない。上杉のところにも投資話は流れてくるが、どうにも胡散くさいものばかりだった。海千山千の詐欺師たちにとっては、ちょっと小金をつかんだ上杉などカモのようなものだろう。誰もが罠に嵌めてやろうと手ぐすねを引いているようで、とてもまともに耳を貸す気にはなれなかった。

その点、乃梨子経由でもたらされる情報なら、精度も高いだろう。なにしろ本物の富裕層だし、夫は経営コンサルタント。乃梨子はあるわけがないと言っていたが、金持ちのところにほどローリスク・ハイリターンの投資話が集まるのは世間の常識だ。

「ぅんっ……ぅんんっ……」

キスがどんどん深まっていき、唾液が糸を引いた。物欲しげな眼つきで見つめられたので、上杉はしかたなく、もう一回戦付き合うことにした。

二週間が経過した。

梅雨が明け、夏の陽射しは強くなっていくばかりなのに、上杉は冷や汗ばかりをかいていた。

物件がパタリと売れなくなってしまったのだ。

それどころか、問い合わせすらろくになくなり、乃梨子から供給される客に頼っていたビジネスは、あっという間に暗礁《あんしょう》に乗りあげた。

問い合わせがなければ未央はオフィスに行く必要がなく、上杉もふて腐《くさ》れて下町の店に足を運ばなくなっていたので、真っ昼間からセックスばかりしていた。未央の性感は開花していく一方で、抱き心地は日に日によくなっていったが、上杉の気持ちは晴れなかった。

このままビジネスが途絶《とだ》えてしまえば、ふたりの未来も不透明になっていくばかりだろう。五千万の貯《たくわ》えがあるからすぐに未央に金が渡せなくなったり、中目黒のマンションを解約しなければならない事態には陥《おちい》らないだろうが、いつか金は尽きる。その前に——五千万という貯えがあるうちに、次の一手を打たなければならない。乃梨子に替わるカモの供給元を開拓《かいたく》するか。そうでなければ、確実な投資先を見つけだすか……。

投資をするなら、元手が五千万ではいささか心許なかった。いくらなんでも、五千万が一億、二億に化けるという話には、危なくて手が出せない。せいぜい年に一〇パーセントくらいを目指すべきであり、元手が五千万なら年に五百万。

しかし、元手が一億あれば、年に一千万になる。悠々自適とまでは言えないまでも、働かずしてそれだけの金が転がりこんでくれれば、未央とふたりで楽しい生活を送れるだろう。投資は投資として、下町の不動産屋でもいままで通り地道に働くし、そちらでもビジネスチャンスを探せばいい。

あと五千万……。

それだけの金をつかむチャンスが、実は目の前に転がっていた。おそらく、乃梨子の供給元としては最後のカモになるであろう客が、千葉にある一億オーバーの豪邸に興味を示しているのである。渡瀬夫婦を内見させた、あの物件だ。

なんでも、親の遺産が転がりこんできたらしく、予算はあるという。おまけに、あんな僻地の物件を気に入ってくれ、かなり前向きに検討しているらしいのだ。最後に一発ボロ儲けさせてもらおうと、一億五千万の値段をつけているにもかかわらずである。

ただし……。

その客は、本気で未央に入れあげていた。会うたびに高級レストランにエスコートされ、ブランドもののプレゼントをしてくれるという。それも、三十万円のバッグとか二十万円の財布なので、未央は受けとらないらしいが、「結婚すればどうせキミのものだよ」と、会うたびにプレゼント持参でやってくる。

その男——野田正徳《のだまさのり》とは、上杉も顔を合わせたことがあった。千葉の物件まで、新車のクラウンで内覧に連れていったのだ。

野田は四十歳過ぎのオタク野郎だった。オタクにしてはこざっぱりした格好をしていて、一見まともそうに見えるのだが、親の遺産が転がりこんでくるまではネットカフェに住み、一日中オンラインゲームをやっていたと悪びれずに告白した。いわゆるネトゲ廃人であり、常に視線の定まらないコミュ障気味の男だった。

未央は怖がっていた。

「あの人、そのうち絶対ストーカーになると思います……」

そう言って、会うこと自体を拒むようになった。

上杉も、彼が時折見せるおかしな眼つきに尋常《じんじょう》ならざるものを感じていた。なんというか、眼が濁《にご》っているのに、眼光だけは鋭いのである。

未央にストーカーなどされたらたまらないので、しかたなく上杉が対応しているのだが、未央がいないとわかっているのに、野田はいちいち事務所までやってきて、

「未央さんに会わせてください……」

と涙を流す。

「彼女は僕にとって運命の人なんだ……二度と彼女に会えないくらいなら、死んでしまおうかと……僕はね、それくらい思いつめているんですよ……会わせてくれるなら、家は買います。そして未央さんを幸せにします……お願いしますよ……」

そんなことを言われては、よけいに会わせることはできなかった。事務所にやってくるたびに情緒が不安定になっていくようなので、出禁にしたほうがいいかもしれないと思いはじめていた。

しかし、野田にあの豪邸を買わせることができれば――長らく売れ残っている物件なので、売り主は一億円でも手元に残れば御の字、と言ってきていた。つまり、野田から一億五千万円をふんだくれば、差額の五千万は上杉のものだ。加えて、手数料も

ある。複数の業者が関わっているが、それでも数百万は確実だろう。

なんとかできないだろうか……。

なんとかして、野田をその気にさせる方法は……。

5

「ああっ、いいっ！　イッちゃいますっ……もうイッちゃいそうですっ……」

正常位で上杉に抱かれながら、未央は乱れに乱れている。

「いいですか？　もうイッちゃってもいいですか？」

直前に、騎乗位で二度も続けてイッたばかりだった。まったく、貪欲な女になったものだ。

「少し我慢してみろよ」

上杉がストロークのピッチを落とすと、

「ああぁっ、やめないでっ！」

未央はいまにも泣きだしそうな顔で、上杉の腕をぎゅっとつかんできた。

「我慢したほうが、激しくイケるかもしれないぜ」

「でっ、でもっ……でもうっ……がっ、我慢できないっ……」

下から股間をこすりつけてきたかと思うと、次の瞬間、ビクンッ、ビクンッ、と体を跳ねさせた。小柄なせいか、未央がオルガスムスに達したときの痙攣《けいれん》に、上杉はいつも圧倒される。本当に、若鮎《わかあゆ》のようにピチピチと跳ねるのだ。そして、それに興奮した上杉が連打を放てば、連続絶頂に突入だ――。

「ホントにもう……」

すべてが終わると、未央はぼんやりと天井を眺めながら言った。

「するたびに気持ちがよくなっていきます……どんどんよくなって怖いくらい……どこまで気持ちよくなるんだろう……」

上杉は、未央の汗ばんで火照った体を抱き寄せた。女の感度があがり、イク回数が増えれば、男も夢中にならずにいられない。どんどんよくなっていくのは彼女ひとりの感想ではなく、上杉も一緒だった。

しかし、射精の余韻が引いていくと、鼻の下を伸ばしてばかりいられなくなった。

昨日の昼、銀座のカフェで乃梨子に会った。投資を求める事業家が同席していた。健康食品を扱う会社の経営者で、天然素材を使った画期的な勃起薬、〈グレイト・エレクト〉を開発したという。それを大量生産するための工場を造るため、投資を募《つの》っているらしい。

「工場を建てるのに一億円かかります……」

田中公一郎と名乗った事業家は言った。

「すでに土地の目星はついておりますし、全額出資していただければ、すぐにでも工場の建設に着手できるんです」

五千万円では、他の出資者も募らなくてはならないから、発売の時期が先延ばしになってしまうらしい。勃起薬の需要は高まるばかりだが、現在出まわっているものは高血圧などの基礎疾患がある人は服用できないし、勃起力が弱まってくるような年になれば、誰だって病気のひとつやふたつはもっているものだ。その点、天然由来の素材を使った〈グレイト・エレクト〉なら副作用の心配がないから、大ヒット間違いなしだという。

上杉も試しに、その薬を飲んで乃梨子を抱いてみた。ペニスが鋼鉄のように硬くなり、乃梨子は失神するまで絶頂しつづけた。上杉はまだ薬に頼らなくても充分セックスを楽しめる健康体なので、常用しようとは思わなかったが、たしかに効果はあるようだった。しかし、手元にあるのは五千万円……。

どうせ出資するなら全額のほうがいい。他の人間と共同出資では発売まで時間がかかるし、意見が合わずにトラブルになる可能性もある。

上杉は腹を括ることにした。

「頼みがあるんだ……」

汗ばんだ未央の髪を撫でながら言った。

「野田に抱かれてくれないか？」

「えっ……」

未央は眼を見開いた。オルガスムスの余韻でピンク色に染まっていた顔が、みるみる青ざめていった。

「野田に抱かれて、千葉の豪邸を売りつけてくれ」

「……本気で言ってるんですか？」

声を震わせた。

「ふたりのためなんだ」

上杉は体を起こし、ベッドの上で正座した。

「ふたりで楽しくやっていくためには、金がいる……キミも気づいているだろうけど、このところ家を買いたいって問い合わせがほとんどなくなっているだろう？　事情があって、この先もあまり望めないみたいなんだ……だから、最後に大きく儲けて、その金で投資を……」

「わたしは……」

未央も体を起こし、上杉と向きあう格好で正座した。

「贅沢なんてしなくていいんです。上杉さんと一緒にいられるなら、こんな立派なマンションじゃなくてもいいし、食事だって……」

「それ以上言わないでくれ」

上杉は手をあげて制した。

「女にそういうことを言われるのは、男はいちばんきついんだ。ましてやキミはずっと年下だし、愛人だって僕がやめさせた。いま程度の贅沢もさせられないんじゃ、男として立つ瀬がなくなる」

「だからって……」

　未央の可愛い顔が苦渋に歪んでいく。

「わたしが野田さんみたいな人に抱かれて、上杉さん平気なんですか？」

「平気なわけないじゃないか」

　上杉は眼に涙を溜めて言った。演技ではなかった。

「キミにそんなことをお願いしなければならないなんて、断腸の思いとしか言い様がない。でもね、チャンスの神様は前髪しかないって言うだろ？　逃してしまったら、二度とつかめない……僕たちの前にはいま、空前絶後のチャンスがあるんだ。それをみすみす逃してしまうなんて……」

「野田さんに抱かれても平気なんですね？」

　恨《うら》みがましい眼で見られ、

「だから平気じゃないってっ！」

　上杉は声を荒げてしまった。

「たった一回……眼をつぶって抱かれるだけでいいんだ。そうすれば、野田はかならず契約書に判子を押す。あとから後悔しても、抱いてしまったと思えば、諦めるしかないのが男という生き物だ。たったの一回だよ……一発やらせるだけで、一億五千万の物件が売れるんだから、すごい話じゃないか。AV女優だって、いまどきそんな高額のギャラをとれない。これはもう、誇《ほこ》ってもいいと思うんだが……」

未央はベッドから降り、床に落ちていたパステルブルーのショーツを拾って穿いた。揃いのブラジャーも着け、ミニスカートとTシャツも着る。

「おいおい……」

上杉は弱りきった顔で言った。

「怒ったのかい？　怒って出ていくのか？」

「怒ってますけど出ていきません」

未央はキッと睨んできた。彼女に睨まれたのなんて初めてだった。

「わたしなんてどうせ、愛人やってたような女ですもんね。いつかそんなふうに利用されるんだろうなって、薄々思ってましたから……」

「いや、利用とかじゃなくて……」

上杉もベッドから降り、未央を抱きしめようとしたが、

「いいんです！」

未央は上杉の手を振り払って言った。

「利用されたっていいんです……」

こちらに向けた背中が震えていた。

「それでも、わたしは上杉さんが好きですから……一緒にいたいですから……だから、やります……わたし、野田さんに抱かれます……」

嗚咽が聞こえてきた。小刻みに震えている背中を抱きしめると、嗚咽が号泣に変わった。

上杉も目頭が熱くなるのをどうすることもできなかった。ふたりでしばらく泣いていた。

断腸の思いというのは、よく言ったものだと思った。未央の気持ちを考えると、たしかに、内臓がちぎれそうなほどつらかった。

三日後――。

上杉は早朝からクラウンを飛ばし、千葉の物件に向かった。

野田には「もう一度じっくり見て、買うか買わないか判断してください」と伝えた。

一瞬渋い顔をされたが、「案内は未央にさせます」とつけ加えると、快諾《かいだく》してくれた。

未央はいちおう自動車免許をもっていたので、レンタカーを借りさせ、彼女の運転で野田を千葉まで連れていくことになっていた。家具の揃った家だった。広い寝室にはベッドもある。

上杉も千葉に向かうことは伝えていないので、物件から見えない林の中にクルマを隠した。未央が野田を連れてくるのは、午後一時前後の予定になっている。それよりずいぶん早く、上杉は午前八時には現場に到着していた。

盗撮カメラを仕掛けるためである。

未央に枕営業を強要する以上、自分だけが無傷でいるのはフェアではないと思った。自分がなにを命じ、未央がどれだけつらい思いをするのか、この眼でしっかりと確かめて、痛みを分かちあうつもりだった。

もしかすると、当の本人よりもボロボロになるかもしれなかった。渡瀬龍太郎と裸でベッドにいる動画を見たときのショックを思いだしてみればいい。

天使のような顔をして、未央はペニスを舐めていた。

そそり勃ったそれを、手指でしごいていた。

あれを見たときの心がドーンと沈んでいく感じを、どう表現したらいいだろう。当時は恋人同士だったわけではない。たった一度抱いただけにもかかわらず、正気を失って叫び声をあげそうになった。

あれから三カ月以上の時が経ち、いまでは未央は正真正銘の恋人だった。同じ部屋で暮らし、毎日のように愛しあっている。経験の少ない彼女にベッドマナーを教えこみ、未成熟だった性感を開花させたのは上杉だった。思い入れや愛着は、当時よりずっと強くなったと言っていい。処女を奪ったわけではないけれど、未央を女にしたのは他ならぬ自分だという自負がある。

その未央を……。

野田のごときオタク野郎に抱かせるなんて……。

午後一時、未央の運転する「わ」ナンバーのフィットがやってくると、上杉の心臓は激しく胸を叩きはじめた。クルマから降りてきた野田を見るなり、息苦しいほどの嫌な予感を覚えた。

ポロシャツに綿パンという、いつも通りのこざっぱりした格好をしていたが、眼つきが異常だった。車内という密室で未央とふたりきりの時間を過ごし、アドレナリンが大量に分泌《ぶんぴつ》しているような感じがした。

6

やはり枕営業なんてやめるべきか……。

上杉がクルマを降りようかどうしようか迷っているうちに、未央と野田は物件の中に入っていった。

未央は今日、ピンク色のワンピースを着ていた。彼女の清純さをもっとも引き立てる装いが、上杉の脳裏に残像として刻みこまれ、なかなか消えてくれない。あと何十分かすれば、あのワンピースを野田の手によって脱がされる。未央の清潔な白い肌に卑猥な視線が……いや、欲望にまみれた手指が這いまわる。

体中が震えだすのを、どうすることもできなかった。

いまからでも遅くないから、家の中に飛びこんで未央を引っぱってこようかと思った。もちろん、そんなことをすれば、未央の覚悟を台無しにする。

上杉は未央に嘘をついてはいなかった。すべてはふたりの未来のため——未央もそれを信じているから、枕営業を引き受けてくれたのだろう。ならば上杉が用意すべきは、計画を無に帰すことではなく、楽しい未来であるべきだ。

一度だけ、未央に訊ねてみたことがある。訊ねるべきではないとわかっていたが、どうしても気になったので、訊ねずにはいられなかった。

「渡瀬龍太郎とラブホテルで過ごすのは、どんな気分だったんだい？」

未央は龍太郎を毛嫌いしているわけではなかった。成功した経営者として尊敬しているようだし、学費を出してもらったことに対して感謝もしている。割りきってふたりの時間を楽しんでいることだって充分に考えられた。そう言われても落ちこまないように、上杉は訊ねる前に心のガードを固めていた。しかし、返ってきたのは意外な言葉だった。

「やっぱり、好きでもない人の前で裸になるのはつらいし、すごくメンタルにくるんです……裸になるだけじゃなくて、舐めたりしなくちゃいけないし……だから、わたしじゃない人がやってるって思いこむことにしてました。本当のわたしは、幽体離脱するみたいにふわふわって天井のあたりを漂っていて、わたしによく似た人が社長のものを舐めてる……そうとでも思いこまないと、できませんでした……社長には、その……奥さんもいるわけですし……悪いことしてるわけで……」

涙ぐんで告白してくれた未央に釣《つ》られて、上杉ももらい泣きしてしまいそうだった。安堵と感動が胸の中で嵐《あらし》を起こし、言葉を返すことさえできなかった。未央が割りって愛人をしているような女じゃなくて、本当によかった。

だが同時に、すさまじい罪悪感が足元からこみあげてきた。

上杉はいま、未央に当時と同じつらい思いをさせようとしているのだ。しかも、龍太郎にはフェラチオまでだったが、野田に対してはそうではない。体をひとつに重ねなくてはならないのである。

「すまない……本当にすまない……」

むせび泣きそうになるのをこらえつつ、助手席に置いたノートパソコンに視線を落とした。盗撮している映像が無線で送られてきている。カメラはベッドルームにのみ、四台仕掛けた。それがパソコン画面上では、四分割して表示されている。

ふたりの姿が見えたので、上杉はあわててイヤホンをした。マイクの性能がよくないのか、ノイズがひどい。

「ねえ、野田さん……」

未央が言った。音は割れていたが、言葉はなんとか聞きとることができる。

「本当にこの家、買ってくれる気あるんですか？」

いつになく、強気な口調だった。眼つきも、挑むように野田を睨んでいる。

「だからそれはキミ次第だって」

野田がヘラヘラと笑うと、未央はキッと眼を吊りあげた。それから、おもむろにワンピースを脱ぎだしたので、上杉は仰天した。いきなり服を脱いだことにも驚かされたが、未央の下着がいつもと違った。黒地に真っ赤な薔薇《ばら》が刺繡《ししゅう》してある、セクシーランジェリーを着けていた。

「これに判子を押してくれるなら、好きにしていいです」

未央は野田に契約書を渡すと、ベッドに体を投げだした。ずいぶんと直截的《ちょくせってき》な枕営業だと、上杉は絶句した。恋愛経験が少ない彼女には、きっとこんなやり方しか思いつかなかったのだろう。下着だって、背伸びして男好きしそうなセクシーなものを買い求めたに違いない。彼女がいつも着けているのはパステル系の下着ばかりで、黒地に真っ赤な薔薇なんてものは見たことがなかった。

健気でもあり、痛々しくもあった。それをさせているのが自分だと思うと、上杉は猛烈な自己嫌悪に襲われた。

「判子を押せばいいんだね」

野田は鼻歌でも歌うように言うと、バッグから判子を取りだし、契約書に押した。とても一億五千万の買い物をするとは思えない、軽薄な態度だった。野田の気持ちはすでに、ベッドに横たわっている未央に奪われているようだった。

いよいよか……。

上杉は眼をそむけたくなる衝動を懸命にこらえ、画面に視線を向けつづけた。まな板の上の鯉となった未央の気持ちは、察してあまりある。それを共有するのだ。彼女と一緒に傷つくのだ。

「皺になっちゃうよ……」

野田は床に落とされていたピンク色のワンピースを拾いあげると、ソファの上にひろげて置いた。

「でもがっかりだなあ、未央ちゃんがそういうことする子だったなんて……」

黒と赤のセクシーランジェリーを着けた未央は、ベッドの上で大の字になっていた。色気もなにもない子供じみた態度に、自棄《やけ》になっている気持ちが透けて見える。

「男って生き物は、そういう態度をとられると、逆に萎《な》えちゃうものなんですよ」

ベッドに近づいていった野田は、手になにかを持っていた。一瞬なんだかわからなかったが、ワンピースについていたウエストマークベルトらしい。要するにピンク色の紐だ。

野田はそれで、未央を後ろ手に縛りあげた。

「なっ、なにをするんですっ？」

未央は焦った声をあげたが、すでに両手の自由は奪われていた。

「好きにしていいんでしょう？」

野田は脂ぎった笑みを浮かべつつ、眼を剝いて未央を威圧した。背負っていたリュックをおろし、中からなにかを取りだした。

電マだった。やや小ぶりで、コードがついていない充電式だ。

「やっ、やめてっ……」

未央の顔が凍りついたように固まる。彼女は電マの使用法と効果をよく知っている。使ったことはないはずだが、AVを見てセックスの研究をしているからだ。昨今のAVで電マがフィーチャーされるのは、珍しいことではない。

「ふふっ」

と野田は笑った。眼だけは笑っていなかった。

「そうですよ。そういう怯えた顔をすると、男はそそられるものなんです」

電マのスイッチを入れ、ぶんぶんと唸るヘッドを未央の体に近づけていった。未央は身をよじって逃れようとしたが、後ろ手に縛られている。肩をつかまれただけで、逃げられなくなった。唸るヘッドが、黒と赤のブラジャーに包まれた控えめなふくらみに押しあてられた。

「ああああっ！」

イヤホンから聞こえてくるのがノイズまじりの割れた音声なので、上杉には断末魔の悲鳴のように聞こえた。想定外の展開に、未央と同じくらい上杉も顔色を失っていく。まさか野田がこんなことをするなんて……拘束に電マなんて、まるでＳＭプレイではないか……。

さすがにとめに行こうと、腰を浮かしかけた。上杉は未央の雇い主であるから、物件の内覧に顔を出してもおかしくない。階下で大げさに物音をたててやれば、野田も正気に返って未央の両手を自由にし、服を着せるはずだ。ふたりに恥をかかせることにはならない。

だが、電マで責められている未央の反応が次第におかしくなってきたので、上杉は動けなくなった。まだ下着を奪われたわけではない。ブラジャー越しに電マのヘッドを押しあてられているだけなのに、未央の声は断末魔の悲鳴から、艶めかしい嬌声《きょうせい》へと移り変わり、身をよじる動きもエロティックになっていた。

もちろん、無意識にだろう。体が勝手に反応してしまっている感じだった。電マとは、それほど恐ろしいものなのか……。

野田はニヤニヤと笑いながら、未央の両脚をM字に割りひろげた。

「やっ、やめてっ……やめてくださいっ……」

未央が怯えた顔を左右に振ると、

「いいねえ……いいよう……」

野田は舌なめずりさえしそうな下品な顔でささやいた。

「キミのような美少女は、やっぱり怯えている顔がいちばんいい。すごくそそるよ。僕の童貞を捧げるのに相応しい相手だ」

嘘だろ、と上杉は衝撃を受けた。野田はたしか四十一歳だったはずだ。モテるようには見えなかったが、まさか厄年にして童貞とは……いい歳をして童貞ゆえに、電マのごとき武器を携《たずさ》えなくては女に挑みかかれないのか。

「あううっ！」

未央が甲高《かんだか》い悲鳴をあげた。電マのヘッドがついに、未央の股間をとらえたからだった。黒地に真っ赤な薔薇のショーツがぴっちりと食いこんでいる部分に、淫らな振動が送りこまれた。

「ああっ、いやっ！　ああっ、いやっ！」

髪を振り乱して首を振りつつも、未央の腰は動きだしていた。いや、動くというよりくねっていた。いやらしすぎる反応だった。

上杉は初めて、彼女の性感を開発したことを後悔した。小柄で可愛い顔立ちをしていても、未央は女の悦びを知っている。毎日のように上杉に抱かれ、汗まみれで何度も絶頂に達している。電マのようなもので性感帯を刺激されれば、オルガスムスが欲しくなるのは当然かもしれないが……。

「未央ちゃん、すごいよ……可愛い顔してなんてエッチなんだい……」

野田は未央の反応に眼の色を変えた。電マを使っているとはいえ、自分の愛撫に乱れていく女を愛《いと》おしいと思わない男はいない。支配欲を満たされる。そして、もっと乱れさせたくなる。こんなの初めて、と言わせたくなる。

だが……。

野田は上杉の予想とは正反対の行動に出た。未央がオルガスムスに向けて高まっていくと、電マを股間から離した。童貞のくせに、焦らしはじめたのだ。しかも、そのやり方は執拗《しつよう》だった。電マで未央を乱れさせては、絶頂寸前で刺激を取りあげることを、十回以上繰り返した。

童貞ゆえに、加減がわからないのかもしれない。

「ああっ、やめないでっ……途中でやめないでっ……」

未央が真っ赤な顔をくしゃくしゃにして哀願しても、どこ吹く風でヘラヘラ笑っている。盗撮映像でその様子を見ていると、一方的に乱れている未央ばかりが滑稽で、みじめな女に見えてくる。

「ねえ、お願いっ……もうイカせてっ……」

「そんなにイキたいんですか？」

「イキたいっ……イキたいのっ……」

上杉は耳からイヤホンを抜いて投げ捨てたくなった。未央が他の男にオルガスムスをねだっている声など聞きたくなかった。

「なら、イケばいい……」

野田はおもむろに服を脱ぎはじめると、あっという間に全裸になった。いかにも童貞らしい生っ白いペニスを、恥ずかしげもなく勃てていた。

「僕の童貞を奪いながらイクんだ……」

未央を後ろ手に縛っていたベルトがほどかれた。騎乗位でまたがってこいとばかりに、野田はあお向けに横たわる。

やめてくれ……もうやめてくれ……。

上杉は正気を失ってしまいそうだった。しかし、離れた場所で盗撮しながらいくら祈ってみたところで、ふたりには届かない。これから起こることを想像すると、号泣しながら胸を掻き毟《むし》りたい衝動に駆られる。

両手を自由にされても、未央はしばらくの間、動けなかった。ベッドに両手をついてうなだれ、ハアハアと肩で息をしているばかりだった。

しかし、そのすぐ横では、全裸の野田があお向けに横たわっている。イチモツを隆々とそそり勃てている。

四十一歳まで童貞だった野田は、初体験の方法を、練りに練っていたようだった。そしていま、それが実現されようとしている。細工は流々だった。電マで何度も絶頂寸前まで追いこまれた未央は、いつまでもじっとしていることはできなかった。いやらしいほどねっとりと濡れた瞳で、野田を見た。

野田が不敵な笑みを返す。

「ううう……」

未央はつらそうにうめきながら、けれどもひどく焦った手つきで両手を背中にまわした。ブラジャーをはずし、控えめな乳房を露わにした。続いてショーツも脚から抜き、生まれたままの姿になる。

清潔なはずの未央の裸身は、ところどころ生々しいピンクに染まっていた。顔はもちろん、首や胸元まで……それが汗に濡れ光っていやらしかった。甘ったるい発情の汗の匂いが、映像越しにも漂ってきそうだった。

未央は野田の腰をまたいだ。しかし、いきなり結合はしなかった。四つん這いになって覆い被さり、抱きついた格好だ。

自分から唇を重ねていったので、上杉はびっくりした。そこまでする必要があるのかと思った。野田の目的は、未央を相手に童貞を捨てること――ならばさっさと腰を振っておしまいにしてしまえばいいではないか……。

しかし、人間は機械ではない。それが未央の女心なのだと思った。電マで執拗に股間を責められ、あそこがびしょ濡れの状態でも、甘い雰囲気をつくらずにいられない……どうせセックスするなら情熱的なほうがいい……。

唾液が糸を引くディープキスに、野田も眼を白黒させている。彼としても、未央の態度は想定外だったのだろう。だが、やがて順応し、自分からも未央の舌をしゃぶりはじめた。興奮のままに未央の胸をまさぐり、あんあんと声を出させる。

ちくしょう……ちくしょう……。

上杉は野田が羨ましくてしようがなかった。これほど理想的な童貞喪失を遂げられる人間が、この世に何人いるのだろうと思った。

未央も気分が高まってきたらしく、唇以外のところにもキスをしはじめた。耳や首筋、そして乳首まで……。

「おおおっ……きっ、気持ちいいよっ……気持ちいいよ、未央ちゃんっ……」

野田の上ずった声が、イヤホン越しに上杉に届く。恋人がぎりぎりと歯噛みをしていることも知らずに、未央は四つん這いのまま後退り、野田の両脚の間に陣取った。彼女の眼と鼻の先には、そそり勃ったペニスがあった。未央はためらうことなく、小さな手でそれを握りしめた。

「ぬっ、ぬおおおおーっ！」

未央がペロペロと亀頭を舐めだすと、野田は奇声をあげて腰を反らせた。未央は根元をしごきたてながら亀頭を唾液でびしょ濡れにし、サクランボのように赤く輝く唇を開いた。ぱっくりと頬張って、眼を閉じた。

野田はもう、声を出すこともできないようだった。頭を振ってペニスをしゃぶっている未央の姿に圧倒され、眼を見開いている。天使にフェラチオをされている気分なのだろうと、上杉は思った。上杉も、未央にペニスを咥えられるとそう思う。だが、天使の唇を穢したくなくて、なるべく求めないようにしている。

なのに野田は……。

この四十一歳の童貞は……。

未央の頭を両手でつかんで、さらに深く咥えこませた。

「ぅんぐううーっ！」

未央が鼻奥で悲鳴をあげた。それでも野田は、おかまいなしに天使の顔面を自分の股間に押しつける。恋人の上杉でさえやったことのないイラマチオで、容赦なく責めたてる。じゅぽじゅぽと唾液がはじける音まで聞こえてきそうだ。

「ぅんああっ……」

ようやくイラマチオから解放された未央は、Oの字に開いたままの唇から大量の唾液をこぼした。顔は真っ赤だったし、眼に涙を浮かべていた。しかし、悲愴感《ひそうかん》はまるでなかった。ひどいことをされたはずなのに、未央の濡れた瞳には欲情ばかりが輝いていた。

再び野田の腰にまたがった。今度は覆い被さる感じではなく、上体を起こし、両膝を立てていた。AV女優の真似だが、それはいつしか未央のいつものやり方になっていた。あお向けになっている野田に結合部を見せつけながら、自分の唾液で濡れ光っている生っ白いペニスを、ずぶずぶと咥えこんでいった。

上杉はもう、見ていられなかった。

盗撮映像から逃れるようにクルマから降り、ボンネットに両手をつくと、肩を震わせながら声をあげて泣きはじめた。泣きながらズボンとブリーフをおろし、自慰《じい》を始めた。

第五章　躾《しつ》け直し

1

いつの間にか夏が過ぎていった。

この一カ月ほど、上杉は抜け殻《がら》のような気分で過ごしていた。未央に枕営業をさせて以来、彼女とはうまくいっていなかった。お互いに気まずい感じで、同じ部屋に住んでいるのに、口もきかなければ眼も合わせないような状態である。

もちろん、セックスだってしていない。

欲望がなくなったわけではなく、上杉は日に何度も自慰をしている。未央に隠れて、バスルームやトイレで……。

　脳裏に思い浮かべているのは、いつだって野田とまぐわっている未央の姿だった。ライブ映像は途中で見ることができなくなってしまったが、録画したものをあとから見直した。

　両脚をひろげて騎乗位でペニスを咥えこんだ未央は、みずから腰を激しく振りたて、乱れに乱れた。ほとんど半狂乱のような感じで、何度も何度もオルガスムスに昇りつめていった。

　はっきり言って、上杉に抱かれているとき以上に感じているようだった。自棄になっていたのかもしれないし、電マを使った焦らしプレイのせいかもしれないが、上杉が心に負った傷の深さは大変なものだった。

　しかし、だからといって別れるという選択肢はあり得なかった。たった一度、他人棒を咥えこんだくらいで手放すには、未央はあまりに惜しい女だった。野田に抱かれたのだって浮気の類いではなく、上杉が頭をさげて頼みこんだからだし、それはふたりの楽しい未来のためなのである。

　未来……。

　そう、ふたりにとって大切なのは、つまらない過去より、これから先のことだった。

契約書に判子を押した野田は、即日一億五千万円の金を振りこんできた。上杉の取り分は、仲介手数料などの諸々を含めて六千万円弱。貯えと合わせて一億円にし、乃梨子に紹介してもらった田中公一郎《たなかこういちろう》の会社に投資した。

当面の間、利回りは月一パーセントで、百万ほどのバックしかないが、それはそれ。工場が完成し、新勃起薬〈グレイト・エレクト〉が大ヒットしたあかつきには、田中は会社を上場させると言っていた。そうなれば、ストックオプションで何億という金が転がりこんでくる。天然素材を成分とした勃起薬は全世界から注目を集めるはずで、うまくいけば十億を超えるかもしれない。

未来は明るいのだ。

少なくともこれから先、金という呪縛《じゅばく》からは解き放たれる。汗水流して働く必要はなく、遊んで暮らしていけるのである。

工場の建設は着々と進んでいるらしいから、その完成を見届けたら、未央とふたりで世界一周の船旅にでも出るつもりだった。狭い日本を飛びだし、海の上でパーティ三昧《ざんまい》の日々を送れば、過去の小事などどうでもよくなるに違いない。

ところが……。

秋が深まってきたある日のこと、田中公一郎と突然連絡がつかなくなった。そんなことはいままでなかったのに、留守電に連絡がほしいとメッセージを残しても、コールバックが三日間もなかった。

そろそろ工場が完成しそうだと言っていたから、そちらにかまけているだけなのかもしれなかった。しかし、焦《じ》れた上杉は田中の会社に行ってみることにした。ついでに完成間近の工場を見学するのもいいかもしれないなどと、気楽な気分でタクシーを飛ばし、名刺にある住所に向かった。

上野のはずれにある、古い雑居ビルだった。入口はオートロックではなく、管理人がいた。白髪の老人が管理人室でテレビを見ていた。いまどきこんなにセキュリティのゆるい会社なんてあるのかと上杉は内心で苦笑した。

オフィスの部屋番号は三〇一。やたらと動くのが遅いエレベーターで、三階にあがって呼び鈴を押した。反応がなかった。何度押しても同じだったので、思いきってドアノブをまわしてみると、鍵がかかっていなかった。

上杉は唖然とした。ひどく狭いワンルームに、スチール製のデスクがポツンと置かれていた。網入りのガラス窓から入る光がおぼろげで、オフィスというより、なんだか取り調べ室のようだ。

あわてて一階に戻り、管理人に問いつめた。管理人はゆうに七十歳を超えているようで、耳が遠かった。上杉がなにか言っても、耳に手をあてて「あー、あー」言っている。

「あのね、三〇一号室の会社の人間に連絡つきませんか？」

「あー、あそこは引っ越しましたよ」

「引っ越し？　いつです？」

「あー、ひと月ほど前ですかね」

上杉の体は震えだした。騙されたのかもしれない、という嫌な予感が、足元からこみあげてきた。

「引っ越しても、誰か連絡つくでしょう？　連絡してくださいっ！　こっちは一億を騙しとられたかもしれないんだっ！」

わめき散らすと、管理人は渋々どこかに電話をかけた。これから責任者がこちらに来るので、待っていてほしいと言われた。

「責任者って、田中さんですよね？　名前、そう言ってましたよね？」

管理人は首をかしげるばかりで、面倒くさそうに会話を打ち切った。

取り調べ室のように狭い部屋で、一時間ほど待った。壁際にパイプ椅子が立てかけてあったのでそれに腰をおろしたが、とてもじっとしていられず、上杉は檻《おり》にとらわれた猛獣のように部屋の中をぐるぐるまわっていた。

やがて現れたのは、田中公一郎ではなかった。

「……なっ、なんで、あんたが？」

思わず後退った上杉は、ガシャンとパイプ椅子を倒してしまった。

不敵な笑みを浮かべながら部屋に入ってきたのは、渡瀬龍太郎だった。相変わらず、嫌味なくらい仕立てのいいスーツを着て、磨きあげられた靴を履いている。

「どうもご無沙汰してます。実は私、こういう仕事も引き受けてましてね」

「……こういう仕事？」

「潰れた会社の債権取り立てですよ」

意味がわからなかった。

「田中公一郎の会社なら倒産しましたよ。本人は夜逃げでもしたんでしょう、もう連絡はつきません。もしかすると、首でも括ってるかも……」

「そっ、そんな……僕は彼の会社に一億も投資してるんだ……一億円、返ってくるんでしょうね？」

「なに眠たいこと言ってるんですか」

龍太郎は乾いた笑みを浮かべて倒れた椅子を直し、自分が座るために壁に立てかけられていたもう一脚のパイプ椅子を立てた。腰をおろし、上杉にも座るように目顔でうながしてくる。

「あなた、田中氏の会社の役員に名を連ねていたでしょう？」

上杉は息を呑んだ。たしかに役員になっていた。そうしたほうがリターンも大きいからと、田中に勧められたのである。

「つまり、あなたは潰れた会社に投資していた債権者に、金を返す義務がある」

「そっ、そんな馬鹿な……こっちこそ債権者なんですよ」

「役員に名を連ねたら責任が生じるんですよ、法律的にね。近々、債権者があなたのところに押しかけるでしょう。私の知るところ、あんまり筋のいい連中じゃありませんから、お気をつけて」

「知りませんよ、そんな連中！」

「あなたが知らなくても、向こうはあなたに用がある。債権はざっと二億。それを払わないと、とんでもない災難が降りかかってくるかもしれませんよ。おとなしく払うことをお勧めします」

「にっ、二億って……こっちは一億も騙しとられてるんですよ。どこにそんな金が……」

「あなたのことは調べさせていただきました」

龍太郎は口許に薄い笑みを浮かべた。

「ご両親がアパート経営をなさっているんですよね？　実家も合わせて敷地はざっと三百坪。下町でもいちおう二十三区内ですから、それを処分すれば二億円くらいにはなるでしょう」

「ふざけんなっ！」

上杉はもう一度ガシャンと椅子を倒して立ちあがった。

「なんで両親の土地までっ……あんた、田中とグルだったのか？　田中を僕に紹介したのは奥さんだから、全員で僕を嵌めてっ……」

最後まで言えなかった。開けっ放しだったドアから、どやどやと人が入ってきたからだ。首や腕にブルーブラックのタトゥーを入れている、見るからにバイオレンスの匂いがする男たちが、三人……。

「どうかしましたか？」

三人のひとりが、上杉を睨みながら龍太郎に訊ねた。

「いやいや、なんでもない……」

龍太郎は笑顔で答え、

「ちょっと興奮してしまっただけですよね？　座ってください。落ちついて話しましょうよ」

上杉にも笑顔を向けてきた。

もちろん、上杉は笑顔など返せなかった。いま入ってきた三人は、どう見てもやくざだった。そうでなければ半グレだ。とにかく、そういった反社会的な連中が、龍太郎の後ろには控えているということらしい。

にわかには信じられなかったが、考えてみれば、上杉のまわりでも金をもっている人間ほど反社との繋がりが噂されている。龍太郎がそうであっても、べつに不思議ではないわけだが……。

そういう夫の本性を、乃梨子は知っているのだろうか？　薄々勘づいてはいても、はっきりは知らないのではないか。彼女は元女医のインテリだ。夫がタトゥーをしたチンピラとつるんでいるなんて、耐えられるとは思えない。

となると、龍太郎と乃梨子がグルである可能性は低くなる。たとえ乃梨子に田中公一郎を紹介したのが龍太郎でも、上杉を罠に嵌めることまでは考えていなかったのではないか。

であれば、自分を嵌めたのは目の前の龍太郎ということになる。乃梨子が上杉と通じていることを知っていて、偽の投資話を吹きこんだ……。

まさか……。

龍太郎は妻を寝取られた意趣返しに、自分を嵌めたのかもしれなかった。あるいは、愛人であった未央を奪われた仕返しか……体の震えがとまらなくなる。

いずれにせよ、上杉が窮地に立たされていることは間違いなかった。田中公一郎に渡した一億円は、愛する未央に詐欺まがいのデート商法をさせ、最終的には枕営業までさせてつくった金だった。ふたりの楽しい未来のための軍資金だった。

百歩譲って、それが返ってこないのはしかたがないのかもしれない。こちらは龍太郎から、妻と愛人を同時に寝取っている。その慰謝料と考えれば、苦渋の選択としてそちらは諦めても……。

しかし、親の土地まで奪われるわけにはいかなかった。親の土地というか、上杉家が先祖代々受け継いできた土地である。なんとしてもそれだけは阻止《そし》しなければ、あの世に行ったとき、ご先祖さまに合わせる顔がなくなってしまう。

2

数日後——。

上杉は乃梨子に呼びだされて彼女の自宅に向かった。ウォーターフロントにそびえ立つタワーマンションだ。場所は知っていたが、訪《おとず》れるのは初めてだった。

いつだって、上杉と乃梨子が会う目的はセックスである。投資などの話があるときでも、快楽の時間がないことはない。龍太郎とのスイートホームでセックスなんてできるわけがないから、足を踏み入れることもないだろうと思っていた。

しかし乃梨子は、ひどく楽しそうにこう告げてきた。

「今日からあの人、シンガポールとマレーシアに出張なの。だから気兼ねなく遊びにきて。たまにはおうちでするのも刺激的じゃない？」

上杉は了解した。田中公一郎について訊ねてみたかったが、黙っていた。いまさら真実を知ったところでどうしようもない。

乃梨子の自宅は四十八階建ての四十二階で、東京湾を一望できた。内装は映画のセットのようにスタイリッシュで生活感がなく、黒いベロア生地のガウン姿で迎えてくれた乃梨子は、真っ昼間から呆れるほどセクシーだった。まるで女優の休日のような雰囲気を振りまき、コーヒーを淹《い》れてもらっただけでひどく緊張した。

「たしかに素晴らしい物件ですね。陽が落ちたら夜景も綺麗でしょう？」

「海のほうは暗いけど、ベッドルームから街のほうを見ると、宝石箱をひっくり返したみたいよ」

「賃貸に出しても、月四十万はとれますね」

「もう！　野暮なこと言わないで」

乃梨子は苦笑まじりに身を寄せてきた。ふたりはソファに並んで座っていた。体の距離が縮まると、乃梨子からは強烈な女の匂いが漂ってきたが、上杉は気もそぞろで、反応することができなかった。

「せっかく久しぶりに会ったんだから、もっとセクシーな会話をしましょうよ」

「はっ？　セクシーな会話？」

「最近、あなたとはちょっとご無沙汰だったでしょう？」

「ええ、そうですね……」

カルチャースクールでの講義が、モテ講座から美容講座に変わったせいもあり、乃梨子は忙しかったのだ。

「すごいストレス溜まっちゃったから、いまは夫をその捌け口にしてるのよ」

鼻に皺を寄せて、悪戯っぽく笑った。

「……と言いますと？」

「浮気してたくせに相変わらず偉そうな態度とってるからね、浮気の証拠を突きつけてやったわけ」

「……あのビデオを見せたんですか？」

「そうそう。小便くさい小娘にオチンチンしゃぶられて、あんあん悶えているやつ。

さすがにね、心が折れたみたい」

「……でしょうね」

　長い溜息をつくように、上杉は言った。

「こっちはべつに、もう離婚してもいいと思ってるからね。もちろん、夫の不義で別れるわけだから、がっぽり慰謝料もらいますけど」

「……じゃあ、ご主人も離婚できませんね」

「そうなのよ。だからもう、なんでもわたしの言いなり」

「……お気の毒に」

「なによ？　あなたあの人の味方なの？」

「ちっ、違いますよ……ただ、男として気持ちは理解できるというか……」

「男としてね」

　ふふふっ、と乃梨子は意味ありげに笑った。

「うちの人、過剰に男らしくありたいと思ってるタイプだから、あのビデオは殊《こと》の外《ほか》効果的だったの。あれをネットにでも流出させられたらと思うと、生きた心地がしないんじゃないかしら」

龍太郎でなくても、生きた心地はしないだろう。

「……たしかに」

「だからもう、わたしの奴隷《どれい》みたいなものよ」

乃梨子がスマホで動画を再生した。いま自分たちがいるリビングで、龍太郎が四つん這いになっていた。全裸でだ。黒革の首輪をつけて……。

『ほら、ワンって言ってみなさい』

スマホから乃梨子の声がした。撮影しながら指示を出しているらしい。

『あなたはわたしの犬でしょう？　犬だったらワンって言うの』

『……ワンッ！』

『くくくっ……恥ずかしくないのかしら？　あなた外じゃ肩で風切って歩いてるじゃないの？　高校時代は喧嘩《けんか》が強くて、手下が百人いたとか言ってなかった？　それがおうちでは、この有様《ありさま》なの？』

『そっ、それはおまえがっ……』

『ワンでしょっ！』

『……ワン』

『もっと言いなさいよ』

画面の外から足が伸びてきて、龍太郎の顔に足の裏が押しあてられた。真っ赤なペディキュアが塗られた乃梨子の足だった。妻の足の裏で顔を蹂躙《じゅうりん》された龍太郎は、次第に涙眼になっていった。

『ワンッ！　ワンッ！　ワンンンーッ……』

上杉は天を仰ぎたくなった。これは、いくらなんでもひどすぎる。ここまでやれば、もはや絶対に元の関係には戻れない。それどころか、男の沽券《こけん》にかけて龍太郎が反撃に出たとしても、文句は言えないのではないか……。

夫の憐《あわ》れな姿を見てゲラゲラ笑っている乃梨子は、なにも知らない。裏で上杉が龍太郎の軍門に下っていることを……。

しかも、龍太郎の真のターゲットは乃梨子なのだ。投資詐欺のような手の込んだやり方で上杉を罠に嵌めた龍太郎だったが、彼の目的は妻と愛人を寝取られた意趣返しではなかった。

「実はですね、私はいま、妻に大変手を焼いてるんですよ。躾をし直す必要を感じてるんですが、あなたに手を貸していただきたくて……おおーっと、あなたが乃梨子とデキてることは、もうわかってます。だから、その立場を利用して私の味方になってくれるなら、ご両親の大事な土地までは手を出すのをやめましょう」

上杉に断ることはできなかった。保身のために乃梨子を売るようで罪悪感がなかったわけではないが、背に腹は替えられない。先祖代々の土地だけは、なにがあっても守らなければならない。

「みっ、味方ってなにをすればいいんです？」

上杉が訊ねると、龍太郎はニヤリと笑った。

「乃梨子を犯すのを手伝ってください」

意味がわからなかった。

「ふたりがかりで犯し抜いてひいひい言わせてやろうじゃないですか。二度と私に逆らえないように、調教するんです」

調教という言葉を吐いたときの龍太郎の眼つきが冷酷すぎて、上杉の背中には戦慄《せんりつ》が這いあがっていった。ただ、自分の妻なのだから、それほど無茶はしないだろうと思っていた。乃梨子が撮影した動画を見るまでは……。

「くくっ、これはもっと笑えるわよ」

スマホに龍太郎の尻が映った。鏡に向かって四つん這いになっていた。もちろん全裸で、黒革の首輪をしている。画面の外から足が伸びてきて、龍太郎の両脚の間にすっと入っていった。陰になってよく見えなかったけれど、なにをしているのかは理解できた。

『ここ、思いきり蹴ったらどうなるかしらね？』

画面の外にいる乃梨子は、足の甲で睾丸をもてあそんでいるのだ。

『二度と悪いことできないように、タマタマ潰してあげましょうか？』

『やっ、やめてくれっ……』

『あーら、わたし、人間の言葉をしゃべっていいって言った？』

『ひいっ！』

乃梨子が股間を蹴りあげるふりをしたので、龍太郎は悲鳴をあげた。

『ワンでしょ？』

『……ワン』

『可愛く言えたら許してあげるわよ』

『ワンッ！　ワンッ！　ワンンンーッ……』

鏡に向かって犬の真似をしている龍太郎はどこまでも憐れで、正視に耐えられなかった。乃梨子がなぜここまでするのか、上杉にはさっぱりわからなかった。容姿はSMの女王様のようでも、彼女の性癖はマゾなのだ。なぜここまで、夫を虐《しいた》げなければならないのか。未央にペニスをしゃぶられて悶えていた龍太郎の姿が、よほど癇に障ったのか……。

逆に、龍太郎が乃梨子に復讐したい気持ちはよくわかった。マゾの男ならともかく、普通の男がここまでされたら絶対にキレる。ましてや龍太郎はやり手の経営者であり、反社とまで付き合いがある男らしい男なのだ。倍返し、三倍返しをしなければ気がすまないに違いない。

「それじゃあ、そろそろあっちに行きましょうか」

乃梨子がスマホの動画をとめて言った。

「あっちって……」

「寝室よ。夫婦の閨房《けいぼう》。ふふっ、そこでセックスできると思うと、興奮するでしょう？　わたしはすごく興奮する……」

潤んだ瞳で見つめられ、上杉は息を呑んだ。乃梨子はすっかり発情していた。両脚の間にある女の器官は、瞳よりずっと潤んでいるに違いない。

立ちあがり、寝室に向かった。カーテンが引かれて薄暗い中、広々としたキングサイズのベッドが置かれていた。まるでホテルの部屋のようだった。

「ベッドがひとつしかないんですね……」

上杉は言った。

「一緒に寝てるんですか？」

犬の真似をさせて足蹴《あしげ》にしている夫と、とは言わなかったが、伝わったはずだ。

「まさか」

乃梨子は苦笑まじりに首を振った。

「あの人はもうずっと、リビングのソファで寝てる。当たり前でしょう？　若い女と浮気してた男となんて、一緒に寝られないわよ」

自分だって浮気しているくせに、と上杉は内心で溜息をついた。いや、そんな場合ではなかった。ここから先は、気を引き締めて行動しなければならない。ドクンッ、ドクンッ、と心臓の音が聞こえる。

「それじゃあ、脱いでくれますか」

上杉はバッグから、マジックテープ付きの拘束バンドを取りだした。

「今日は拘束プレイ？」

「ええ。ご主人は帰ってこないんでしょう？　ゆっくり楽しみましょう」

「そうね」

乃梨子は知的な美貌に満面の笑みを浮かべて、黒いベロア生地のガウンを脱いだ。下着は着けていなかった。プリンスメロンのような双乳が、いきなり上杉の眼を射った。股間の小高い丘は、白く輝いていた。パイパンなので清潔感があるが、立っていても縁の黒ずんだ花びらがチラリと見えているから卑猥すぎる。

上杉は彼女をベッドにうながし、あお向けで大の字になってもらった。両手両足の四点を、それぞれ拘束ベルトでベッドの脚に繋いだ。

ふーっ、と乃梨子が大きく息を吐きだした。マゾヒストの彼女は、ただ拘束されただけで呼吸が荒くなる。これからなにをされるのか想像し、女の部分を疼かせる。指一本触れなくても、五分もすれば発情の蜜の匂いが漂ってくるはずだ。

「ちょっと待っててもらえますか」

上杉は言い、寝室を出た。拘束されたまま放置されることになった乃梨子は、せつなげに眉根を寄せていたが、その顔を正視することはできなかった。正視すれば、胸が痛くなる。自己嫌悪でやりきれなくなる。

3

「なんでっ！」

寝室から、乃梨子の声が聞こえた。ほとんど悲鳴のようだった。

「なんであなたがここにいるのっ！」

上杉はそれを、寝室の外で聞いていた。気を落ち着けるために何度か深呼吸をしてから、寝室に入った。ベッドでは、全裸で手足を拘束された乃梨子が、あお向けになっている。

その傍《かたわ》らに立っているのは、龍太郎だった。このマンションのすぐ近くで待機していたのを、上杉が電話で呼んだのだ。最初から、そういう段取りになっていた。乃梨子に伝わっていた海外出張の話は、真っ赤な嘘だったのだ。

「どっ、どういうことなの？」

乃梨子が噛みつかんばかりに上杉を睨んできた。その顔が、みるみる真っ赤に染まっていく。当然だ。乳房も性器もさらしているうえ、手も足も出ない状態にされているのだ。両脚を開き気味に拘束されているので、パイパンの股間から黒ずんだ花びらがこぼれている。

「奥さんは、少しばかりやりすぎましたよ……」

上杉は乃梨子をぼんやりと眺めながら言った。

「男と女には、越えてはいけない一線があるんです。奥さんは、越えてしまった。あんなことされたら、男なら誰だってキレる……」

龍太郎は「あんなこと」の意味をすぐに理解したようだった。

「彼女に動画でも見せられましたか？」

「……ええ」

上杉は気まずげにうなずいた。

「ひどいものだったでしょう？」

「……そうですね」

「でもね、ああいうことを最初にしたのは、私のほうなんです。なあ？」

龍太郎は乃梨子に声をかけたが、乃梨子は真っ赤に染まった顔をそむけて答えなかった。

「新婚時代……もう五、六年も前のことになりますが、私は当時、SMプレイに凝《こ》ってましてね。乃梨子と結婚したのも、M女に調教するのにうってつけの女だと思ったからなんです。頭のよさを鼻にかけた、高慢ちきな耳年増……恋愛経験が少ないくせに、知ったかぶって恋愛で勝ち組になる方法やら、愛されるセックスやらを語りたがる。ね？　調教したくなるでしょう？」

龍太郎の言わんとすることはよくわかったが、上杉は曖昧に首をかしげるしかなかった。

「それで毎晩執拗に調教してたんですが、ちょっとのめりこみすぎてしまったんでしょうね。彼女は立派なM女になったんですが、私は逆にセックスのステージから退場を余儀なくされてしまった。EDまでにはなりませんでしたが、似たような感じに……結合しても、かならず中折れするようになりましてね。手や口で愛撫してもらえば、かろうじて射精まで辿り着くこともできるんですが、そんな情けない姿を妻には見せられなかった。なにしろ私は、夜になると鬼のサディストになって彼女の上に君臨していたわけですから……いじめていじめていじめ抜いて、最後に男らしく犯せないくらいなら、セックスなんてしないほうがマシだったわけです……」

なるほど、と上杉はようやく合点がいった。乃梨子がマゾに目覚めたのは、龍太郎のせいだったのだ。しかし、目覚めさせられた挙げ句に夫がセックスから離れてしまい、欲望の捌け口がなくなってしまったのだ。

「とはいえ、セックスなんてしないほうがマシだと思っていても、溜まってしまうのが男という生き物です。そこで出会ったのが、上杉さんもよくご存じの未央だった。健気ないい子でね。彼女の献身《けんしん》にはいくら感謝してもし足りない。彼女のおかげで、私はEDにまではならなかったと言ってもいいくらいなのに……妻に浮気がバレてしまった。彼女は鬼の首を取ったような勢いで、私に八つ当たりしてくるようになった。昔、私が彼女にしていたようなやり方でね……」

龍太郎の声が震えだした。怒りに震えているのだった。彼の屈辱を思えば、上杉も同情せずにいられなかった。かつて奴隷扱いしていた女に、今度は自分が奴隷扱いされたのだ。

「ちょっとしたＳＭごっこで彼女の溜飲《りゅういん》がさがるならそれでもいいと思ったんです

が、上杉さんもおっしゃったように何事にも限度がある。私が浮気をしたから離婚すると彼女は脅してくるが、浮気なら自分だってしているわけですからね。私は知っていて、泳がせていただけだ。私が満足させられないなら、外に男をつくってもしかたがないと……それがなんだ！　おまえは全然悪くないのか！」

龍太郎が怒りを露わにすると、乃梨子は完全に顔色を失い、知的な美貌をこわばりきらせた。

「今日という今日は、おまえに自分の立場をわからせてやる。上杉さんとふたりがかりで、最後の一滴まで涙を絞りとってやるから覚悟するがいい」

龍太郎は枕元のテーブルの上で、アタッシェケースをひろげた。大人のオモチャがびっしりとつまっていた。すぐに眼についたのは巨大な電マだった。そして、大小さまざま、色とりどりのヴァイブ……龍太郎がまず手にしたのは、マッサージオイルだった。スーツの上着を脱ぎ、ネクタイをとって腕まくりすると、それを乃梨子の体にタラタラと垂らしはじめた。

「ひっ……」

冷たかったのだろう、乃梨子はひきつった声をもらしたが、龍太郎が両手でオイルをのばしはじめると、ただ身構えているだけではいられなくなった。大の字に拘束された裸身を、いやらしいくらいによじらせた。

かつてこんなプレイをよくやっていたのだろう、と上杉は思った。龍太郎の手つきは慣れていたし、乃梨子の性感帯を熟知しているようだった。首筋、乳房の側面、そして腋窩……。

「ああっ、いやあああっ……」

オイルまみれの指で乳首をくりくりと転がされ、乃梨子は背中を反らせた。

「なにぼんやり見学してるんですか？」

龍太郎に声をかけられ、上杉はハッとした。

「電マでも使って、この女をよがらせてくださいよ」

「はっ、はい……」

上杉はアタッシェケースから電マを取り、コードを繋げて電源を入れた。ずいぶんと大きなサイズなので、つかんでいる部分にも強い振動が伝わってきた。

「やっ、やめてっ……」

乃梨子にすがるような眼を向けられたが、やめるわけにはいかなかった。もう賽《さい》は投げられてしまったのだ。乃梨子を裏切り、龍太郎の軍門に下った。先祖代々の土地を守るには、しかたのない選択だった。

「あううぅっ！」

電マのヘッドをつるりとした恥丘にあてがうと、乃梨子は甲高い悲鳴をあげた。直接クリトリスにあてがわなくても、そこまで振動は届いていそうだった。いや、子宮まで揉みくちゃにしていそうなほど、その電マの振動は強かった。

「やっ、やめてえええっ……やめてええええーっ！」

黒髪のショートボブを振り乱して、乃梨子があえぐ。やめてと言いつつも感じているのはあきらかで、マッサージオイルの人工的な香りを押しのけて、発情のフェロモンがたちこめてきた。

龍太郎がこちらに移動してくる。電マの刺激によがり泣いている妻の姿をせせら笑いながら、右手の中指を肉穴にずぶずぶと埋めこんでいく。

「……くうぅっ！」

乃梨子が眼を白黒させる。龍太郎が入れたのは中指一本だけだ。しかし、何度となくまぐわったはずの妻の肉穴だった。どこに性感のポイントがあるのか、知り尽くしているに違いない。

「ダッ、ダメッ……そこはっ……」

乃梨子が焦った声をあげると、龍太郎はすっと指を抜いた。あらためて、中指と人差し指、二本で肉穴を穿っていく。

「あああーっ！」

乃梨子がひしゃげた悲鳴を放つ。龍太郎の手のひらは上を向いていた。中まで見えなくても、Gスポットを責めていることは確実だった。となると、上杉のすべきはクリトリスを責めることだ。恥丘を挟んで、女の急所を刺激するために。

「あぁっ、いやっ……いやいやいやいやあああっ……」

乃梨子の腰が淫らにくねり、太腿がぶるぶると震えだした。早くも絶頂に昇りつめそうだった。龍太郎が焦らそうとしなかったので、上杉も電マのヘッドをクリトリスにあてつづけた。

「イッ、イクッ！」

鋭い悲鳴を放って、乃梨子がイッた。ガクンッ、ガクンッ、と腰を動かしながら、背中を弓なりに反り返した。龍太郎は指を抜かなかった。それどころか、抜き差しをはじめた。

「はっ、はぁおおおおおーっ！」

乃梨子の悲鳴が、またいちだんと甲高くなる。龍太郎が上杉に目配せしてきた。このまま続ける、と龍太郎の顔には書いてあった。

「ああっ、ダメッ！　またイクッ！　続けてイッちゃううううううーっ！」

マッサージオイルと汗でテカりきった裸身を激しくくねらせ、乃梨子が絶頂への階段を駆けあがっていく。それでもまだ、龍太郎は指を抜かない。むしろ指使いに熱をこめる。どうやら、失神するまでイカせつづけるつもりらしい。

「やっ、やめてっ……もうイッたからっ……敏感になってるからっ……ゆっ、指を抜いてえええーっ！」

半狂乱で哀願する乃梨子の姿はこの世のものとは思えないほどいやらしく、上杉は興奮した。冷静に電マを操っていられなくなった。ベッドにあがり、右手で電マを股間にあてがいながら、左手で乳首をつまんだ。

「そっ、そこもダメッ……そこも敏感になってるっ！　さっ、触らないでえええええええーっ！」

もちろん、そう言われればますます刺激したくなるのが、男という生き物だった。左右の乳首を代わるがわるつまみ、指の間で押しつぶす。マッサージオイルでヌルヌルしている突起を、爪を使ってくすぐりまわしてやる。

「あううう—っ！」

乃梨子が喉を突きだしてのけぞったのは、乳首に対する刺激のせいではなかった。龍太郎が指を抜いたからだ。愛撫をやめるためではなかった。その手には、白いヴァイブが握られていた。

大人のオモチャとは思えないほど洗練されたデザインだった。女が好んで買い求めるタイプかもしれない。亀頭の部分が不自然に大きくなっていることもなければ、胴まわりにイボイボもついていなかった。ただし、不自然なくらい長い。上杉が乃梨子に使った紫色のものより細いが、長さは一・五倍くらいある。

「やっ、やめてっ……」

乃梨子は汗まみれの顔をひきつりきらせた。

「そっ、それはっ……それだけは許してっ……」

どうやら、過去に使われた経験があるらしい。龍太郎は乃梨子の哀願をきっぱりと無視すると、ヴァイブを肉穴に挿入した。とても全部を埋めこめないような長さなのに、ぐりぐりとえぐりながら根元まで入れてしまう。

「あっ、あふっ……あふっ……」

乃梨子は声も出せなくなり、いまにも白眼まで剝いてしまいそうだ。

「上杉さん」

龍太郎が声をかけてきた。

「電マの位置、もうちょっと上にしてもらえます」

上杉はよく意味のわからないまま、電マのヘッドの位置をずらした。

「はっ、はぁおおおおおおーっ！」

乃梨子が泣き叫んだ。

「やっ、やめてっ！　そこはやめてっ！　圧迫しないでえええええーっ！」

上杉には、乃梨子の反応が不可解に思えた。女の体でいちばん敏感なのはクリトリスであり、そこを刺激していたほうがよほど感じるはずだった。なのに、乃梨子はいままで以上に感じている。あきらかにギアが二、三段あがった感じで、髪を振り乱してあえぎにあえぐ。

「子宮責めですよ」

龍太郎がつぶやくように言った。

「この女のウィークポイントは、オマンコのいちばん奥にあるんです」

なるほど、と上杉はうなずいた。長細いヴァイブを使っているのも、子宮に届かせるためらしい。龍太郎はそれを使って激しく突きあげ、乃梨子から悲鳴を絞りとった。もはや哀願の言葉も放てなくなった乃梨子は、号泣しながら絶叫に達した。龍太郎は、もちろん責めつづけた。上杉も付き合った。

「あああああーっ！　はぁあああああああーっ！」

乃梨子の悲鳴は断末魔に近づいていき、大粒の涙をボロボロとこぼしながら、大量の蜜をこぼした。いや、それは蜜でも潮でもなく、ゆばりだった。あまりに激しいオルガスムスに、失禁してしまったようだった。

4

「もっ、もう許してくださいっ……」

乃梨子はか細く震える声で言った。

「わっ、わたしが悪かったです……ちょっと調子に乗りすぎてました……謝りますっ……謝りますから、これ以上はっ……」

彼女はすでに手脚の拘束をとかれ、全裸で立たされていた。手脚が自由になっているのに、体中を小刻みに震わせ、抵抗の素振りも見せない。失禁するまでイカされたことで、すっかり従順になっていた。もっとも、相手が男ふたりでは、少々暴れたところで無駄な抵抗にしかならないが……。

そこはバスルームだった。高層タワーマンションだけあってスペースがやけに広く、大人が三人いても狭苦しい感じがしない。おまけにオプションで手を加えたようで、壁一面が鏡になっている。

「ねっ、あなた、お願いっ……わたしたち夫婦じゃないですか？　なにもここまで辱めなくても……曲がりなりにも神様の前で永遠の愛を誓った仲でしょう？　だからもう……あううっ！」

龍太郎は黒革製の靴べらを持っていて、乃梨子が泣き言を言うと尻をピシッと叩いた。

「いいから早く上杉さんのものをしゃぶれよ」

「お願いよ、あなた……あううっ！」

龍太郎がひときわ力をこめて尻を靴べらで叩いたので、乃梨子は命じられた通りに体を動かすしかなかった。上杉はすでにブリーフ一枚になっていた。夫の前で妻を犯す――その段取りは、あらかじめ龍太郎から言い含められていた。彼が結合すると中折れしてしまうことは先ほどまで知らなかったが、それを知ったことで自分がこの場にいる意味がようやく理解できた。

龍太郎にかわって、乃梨子を犯し抜く係なのだ。

「ううう……」

上杉の足元にしゃがみこんだ乃梨子は、つらそうに眉根を寄せながら、ブリーフをめくりおろしてきた。ペニスは痛いくらいに硬くなり、臍《へそ》を叩きそうな勢いで反り返っていた。傍観者――それもまぐわう女の夫が見ている状況で勃起などするだろうかという不安もあった。しかし、乃梨子の連続絶頂を目の当たりにしたことで杞憂《きゆう》に終わった。屈辱にまみれながらふたりがかりでイカされる彼女の姿は、裏切りのやましさも忘れさせてくれるくらいエロティックだった。

「……ぅんあっ！」

唇をひろげて舌を差しだしながら、乃梨子が上目遣いにこちらを見上げてくる。いつもの威厳はどこへやら、捨てられた仔犬のような眼つきをしていた。あるいは、囚《とら》われた罪人か。眉間に刻まれた縦皺の深さが、絶望の深さを示しているようだ。

「ぅんぐっ……ぅんぐっ……」

亀頭を咥えて、しゃぶりはじめる。いつもより遠慮がちなのは、やはり龍太郎の視線が気になるからだろう。夫の前で他人棒をしゃぶりまわす、彼女の心は苦悶に震えている。愛情が残っているからではなく、いま行なっている行為が被虐《ひぎゃく》のトリガーになり得るからだ。

たとえ夫自身による命令とはいえ、それは明確に夫を裏切る行為だった。

「もっと深く咥えられるだろう？」

龍太郎が靴べらで乃梨子の背中をピタピタと叩いた。

「そんな中途半端なフェラしか仕込めなかったなんて、夫の俺の恥になるじゃないか。根元まで咥えろ」

「ぅんぐっ！　ぅんぐううっ……」

乃梨子は涙眼になりながら、ペニスを根元まで咥えこんだ。自力でそこまで深く咥えこむのは相当苦しいはずだが、龍太郎の言葉には逆らえない。逆らえば、どんな仕打ちをされるのか、彼女には想像がついているに違いない。

「よし、もういいぞ」

龍太郎が言うと、

「……ぅんあっ！」

乃梨子はペニスを吐きだし、Oの字に開いたままの唇から大量の唾液をこぼした。胸元がねっとり濡れ光るほどだった。

「次は立ちバックだ」

龍太郎が乃梨子の腕を取って立たせる。

「鏡に両手をついて尻を突きだせ」

「ううっ……あああっ……」

乃梨子は意識朦朧《もうろう》としているようで、立ちあがっても足元が覚束《おぼつか》なかった。それでも、鏡に手をついて尻を突きだす。

上杉は、突きだされた彼女の尻を見た。色白で豊満な、素晴らしい尻だった。靴べ平手で叩かれた痕が赤く腫《は》れていた。その差し色が、ただでさえ色香の漂う熟れた尻を、ひときわいやらしく飾りたてている。

「じゃあ、やっちゃってください」

龍太郎は据わった眼を上杉に向けた。普段はスマートな紳士のくせに、険《けわ》しい表情をすると威圧感がある男だった。

上杉は気圧されながら、乃梨子の尻に腰を寄せていった。

「いきますよ、奥さん……」

切っ先を濡れた花園にあてがい、ぐっと押しこむ。先ほど失禁するまでイカされた乃梨子の肉穴は、煮えたぎっているように熱かった。もちろん、よく濡れていた。ヌルヌルとすべりすぎるほどだったので、ペニスは吸いこまれるように根元まで入っていった。凹凸ががっちりと嚙みあうと、濡れた肉ひだがキュッと締まった。

「あああっ……」

結合感を嚙みしめるように、乃梨子が声と体を震わせる。先ほどあれほどイカされたばかりなのに、乃梨子はまだ満たされていないようだった。まったく、恐るべき欲望の深さである。

上杉はピストン運動を開始した。ずんっ、ずんっ、とまずはスローピッチで抜き差しし、カリのくびれで内側の肉ひだを逆撫《さかな》でにしてやる。掻きだされた蜜が、こちらの内腿まで垂れてくる。

全面鏡張りの壁に向かって立ちバックで繋がっているので、必然的に龍太郎の姿も見えていた。黒革の靴べらを手に、鬼の形相で仁王立ちになっている。

集中力を削《そ》がれそうだったが、乃梨子の反応が上杉を奮い立たせた。

「ああっ、いいっ！　もっとっ！　もっとちょうだいっ！」

眼をつぶって叫びながら、喜悦に身をよじらせる。彼女もまた、夫の視線が気になっているに違いないが、感じることですべてを忘れようとしているようだった。絶頂に達する恥ずかしい姿なら、先ほどすっかりさらしていた。いまさら羞じらう必要もないのだろう。

刻一刻とボルテージをあげていく乃梨子に煽られるようにして、上杉の腰使いにも熱がこもっていった。パンパンッ、パンパンッ、と豊満な尻を打ち鳴らしては、なるべく奥まで突こうとした。そこに彼女の急所があると、先ほど夫の龍太郎から教わったばかりだ。

「あああっ……はぁあああっ……」

乃梨子の声が、切羽つまってくる。パンパンッ、パンパンッ、と尻を突きあげるほどに、鏡に映った顔が紅潮し、眉根を寄せたり、鼻の下を伸ばしたり、ドスケベすぎる百面相を披露する。

「あっ、あなたっ……」

薄眼を開け、ねっとりと濡れた瞳で龍太郎を見た。

「あなたっ……ごめんなさいっ……もっ、もうイッちゃいそうですっ……」

「我慢するんだ」

龍太郎は非情に言い放った。

「おまえがいま咥えこんでるのは、浮気相手のチンコだぞ。そんなものでイクのは俺に対する侮辱だ」

「そっ、そんなっ……」

「俺に忠誠を誓うのなら、勝手にイクんじゃない。死んでも我慢するんだ。我慢するのが難しいなら……」

龍太郎はスーツのポケットからなにかを出し、乃梨子の鼻先に突きつけた。薄桃色の球体――イチジク浣腸《かんちょう》だった。

「これをしてやろうか？」

「やっ、やめてっ……」

乃梨子は顔色を失い、上杉も啞然としたが、龍太郎は乃梨子の尻の桃割れを指でひろげると、さらけだしたセピア色のすぼまりに浣腸のくちばしを差した。そうしつつ、動きをとめるなと上杉に目顔で伝えてくる。

「おまえ、オマンコされながら浣腸されるの大好きだもんなあ。これをするとイキたくてもイケなくなるんだよなあ。イッたら大変なことになるから……」

「やっ、やめてっ！　それだけはやめてくださいっ！」

涙を流しながら哀願する乃梨子の尻には、薄桃色の球体が尻尾のようについていた。ひどく滑稽だったが、それ以上にエロティックだった。上杉は異様な興奮を覚えてしまい、ぐいぐいと腰を振りたてた。

どうなってしまうのだろう？

このまま浣腸液を注ぎこんだら、いま繫がっている女はいったい……。

「いっ、いやあああーっ！」

乃梨子が叫んだ。龍太郎がイチジク浣腸を押しつぶしたからだった。冷たい浣腸液がいま、乃梨子の体内を逆流しているはずだった。想像しただけで、上杉のペニスは鋼鉄のように硬くなった。

「たまらないだろ、オマンコしながら浣腸されるのは？　もう一丁、いっとくか？」

「ゆっ、許してっ……もう許してっ……」

龍太郎は泣いて許しを乞《こ》う妻をせせら笑いながら、二個目のイチジク浣腸を乃梨子に注ぎこんだ。

「あああっ……あああああっ……」

乃梨子の紅潮した顔が、くしゃくしゃに歪んでいく。涙がとまらない眼はまるで、この世の終わりを目撃しているようである。

龍太郎のサディストぶりに圧倒されつつも、上杉は自分が誰だかわからなくなりそうなほど興奮しきっていた。浣腸を注ぎこまれたことで、結合感があきらかに変わった。元から締まりのいい女だったが、それがさらに倍増し、ペニスが食いちぎられてしまいそうだった。

肛門を締めているからだろう。アヌスとヴァギナは8の字の筋肉で結ばれているらしい。後ろの穴を思いきり締めれば、前の穴も締まるのだ。経験したことがないほどの肉と肉との密着感に、上杉は鞭を打たれた競走馬のように腰を振りたてた。

だが、そのおぞましいプレイの本質は、ただ男を悦ばせるだけのものではなかった。上杉が感じていることを、乃梨子も感じているのだ。性器と性器のすさまじい密着感に、いつもに倍する快感を嚙みしめているのは上杉だけではない。

「ああっ、いやあああっ……あああああっ、いやああああああっ……」

乃梨子は尻と太腿を激しく痙攣させながら、体中から大量の汗を流しはじめた。汗の匂いが鼻先で揺らぐほどで、上杉がつかんでいるくびれた腰も、ヌルヌルになって何度も手のひらがすべった。

乃梨子が快楽に翻弄されていることは間違いなかったが、彼女はイクことができない。絶頂に達し、すべての感覚を解放してしまえば、大惨劇が訪れるからである。絶頂する姿をさらすことがままごとに思えるほどの、恥という恥をかかされる。プライドの高い乃梨子のことだから、自殺したくなるほどの自己嫌悪にまみれることになるだろう。

「後悔してるか？」

龍太郎は靴べらで乃梨子の乳首をいじりはじめた。全身が敏感になっている乃梨子は、硬く尖っている乳首を少し刺激されただけで悲鳴をあげた。

「俺を足蹴にして後悔してるのかって訊いてるんだがな？」

「こっ、後悔してますっ！」

乃梨子が叫んだ。

「わっ、わたしが間違ってましたっ……わたしこそ、奴隷扱いされてもしかたがない愚かな人間でしたっ……だからっ……だからもうっ……、」

「もっと後悔するんだ」

龍太郎は三個目の浣腸を乃梨子に注ぎこんだ。

「ひっ、ひぃいいいいーっ！　ひぃいいいいいいーっ！」

「俺が受けた屈辱はこんなものじゃない。飼い犬に手を噛まれた怒りは、この程度じゃおさまらない」

「おっ、おトイレにっ！　おトイレに行かせてくださいっ！」

龍太郎は号泣している乃梨子をきっぱりと無視して、上杉を見た。

「この女が憐れですか？」

上杉は曖昧に首をかしげた。上杉の顔もまた、乃梨子の顔に負けないほど紅潮していた。まともな会話など不可能だった。

「人間失格の崖っぷちにいるこの女を、助けてやりたいですか？」

言葉など返せなかった。たとえ返せたとしても、どう答えるのが正解なのか、わからなかった。立ちバックで後ろから犯されながら三個の浣腸を注ぎこまれた乃梨子は憐れだったし、助けてもやりたかった。

しかし、上杉にしても、乃梨子同様かそれ以上の崖っぷちに追いこまれているのだ。龍太郎の機嫌を損ねるような発言は、絶対にできない。

「助けてやりたいなら、あなたが早く出すことですよ。彼女がイクのを我慢しているうちに、精子をぶちまけることです」

上杉はうなずいた。射精欲なら先ほどから疼きっぱなしなので、難しい話ではなかった。

「中出しでいいですからね？」

「……えっ？」

思わず龍太郎を二度見してしまった。

「オマンコの中にザーメンぶちまけてかまいません。この女は、妊娠しない体質なんですよ。中出ししても全然問題ない」

そんな話は初耳だった。上杉はいままで乃梨子とノースキンでセックスしていたが、射精は外にしていた。あるいは口だ。人妻相手に中出しするような度胸は、さすがになかったのである。

だが、夫がいいと言うのなら、出すしかないだろう。妊娠しない体質だという、彼の言葉を信じるしかない。

「ああっ、出してっ……」

鏡越しに乃梨子も哀願してきた。

「早くっ……早く出してっ……出してくださいっ……」

顔中が脂汗にまみれ、もう一刻の猶予《ゆうよ》もないという表情をしていた。肉悦と排泄欲に挟まれて揉みくちゃにされているその様子は、エロスの極みだった。乃梨子とは様々なプレイを楽しんできたが、いまほど興奮していることはなかった。

上杉は息をとめ、連打を放った。パンパンッ、パンパンッ、と豊満な尻を打ち鳴らし、渾身《こんしん》のストロークを送りこんだ。

「はぁあああーっ！　はぁうううううーっ！」

乃梨子はひときわ甲高い声をあげ、ガクガクと両膝を震わせた。彼女の絶頂はすぐそこまで近づいていた。とまらなくなっている女体の痙攣が、ペニスを通じて生々しく伝わってきた。それでも上杉は抜き差しのピッチをあげた。早く出すためには、あげるしかなかった。乃梨子が激しくのけぞると、汗まみれの体を後ろからしっかりと抱きしめ、双乳にきつく指をくいこませた。

乃梨子がエロスの極みに立っているなら、上杉もまた肉悦の極みを味わっていた。あとからあとからあふれてくる快楽が全身を呑みこみ、溺れてしまいそうだった。たとえこの先、大惨劇が訪れようとも……。

乃梨子を離すものかと思った。これほどの快楽を手放すくらいなら、彼女が排泄したものにまみれてしまってもかまわない。

「だっ、出すぞっ……出すぞっ……」

「ああっ、出してっ！　たくさん出してっ！」

「もう出るっ……出るっ……うおおおおおーっ！」

雄叫びをあげて、最後の一打を放った。常軌を逸した締まりを誇示している肉穴の中で、ドクンッとペニスを震わせた。解き放たれた男の精は灼熱《しゃくねつ》となって尿道を走り抜け、痺《しび》れるような衝撃に上杉は叫び声をあげて身をよじった。

それはただの射精ではなかった。独身男には滅多にできない、生挿入で中出しだった。

ドクンッ、ドクンッ、と放出するほどに、肉と肉との密着感はさらに高まっていった。ぎゅっと眼をつぶると、瞼の裏に喜悦の熱い涙があふれた。たまらなかった。上杉は体中をガクガクと震わせながら、永遠に続くかと思われるほど長々と、男の精を漏らしつづけた。

5

そんなイメージはなかったのに、龍太郎は大酒飲みだった。ヘネシーのブランデーを水のように流しこみ、だらしなく酔っていった。この男の本性が垣間見えた気がした。紳士のようなのは見せかけだけで、根っ子のところはタトゥーを入れたチンピラと似たようなものなのだ。

上杉も付き合わされたが、まったく酔えなかった。はっきり言って、龍太郎が恐ろしかった。なるほど、乃梨子はたしかに、彼のプライドを踏みにじるようなことをしたのだろう。浮気の証拠をつかんだことで、わがままな女王様のように振る舞っていたのは、彼女が撮影した動画からもあきらかだ。

それにしたって、さすがにやりすぎではないだろうか。曲がりなりにも神様の前で永遠の愛を誓い合った仲だと乃梨子も言っていたが、その妻に対して、あそこまで非情になれるものなのか。

「いやあ、上杉さんには感謝ですよ、感謝」

龍太郎は呂律《ろれつ》がまわらなくなった口で、同じ話を何度も繰り返した。

「中折れ爆弾を抱えていては、とてもあんなふうに責めることはできませんからね。いやあ、痛快だった」

やがて龍太郎がソファで横になって鼾《いびき》をかきはじめると、上杉は物音をたてないように注意しながら立ちあがり、寝室に向かった。

床に乃梨子が倒れていた。全裸のままだった。手脚を拘束バンドで縛りあげられていた。不自由な体を、芋虫《いもむし》のように動かしているのが哀れを誘った。うめき声も聞こえているが、タオルで口枷《くちかせ》をされている。

上杉はしばらくの間、その姿を黙って見下ろしていた。立ちバックをしながら浣腸され、上杉の射精も受けとめても、乃梨子は絶頂をこらえきった。たいしたものだった。上杉は間違いなく、普段の何倍も興奮していたし、ということは、腰の使い方の激しさもいつも以上だったはずだ。にもかかわらず、乃梨子はオルガスムスを耐えたのだ。プライドの高い彼女は、どうしてもセックスしながら排泄することだけはできなかったのである。

しかし、上杉が射精を果たすと、龍太郎は乃梨子をトイレに連れていくどころか、四つん這いにして四個目のイチジク浣腸を注ぎこんだ。乃梨子はすでに、自力で立ち上がることさえできない状態だった。泣きじゃくりながら、犬のように排泄するしかなかった。

その様子を、龍太郎はゲラゲラ笑いながら眺めていた。勝ち誇った顔でバスルームをしっかり掃除するように命じ、上杉を引きつれてリビングで酒を飲みはじめた。掃除を終えた乃梨子がバスルームから出てくると、酔いにまかせてねちねちと嫌味を言った。

「まったく、恥知らずな女だな。人前でうんこを漏らす女が妻だと思うと、自己嫌悪で飲まずにいられないよ」

屈辱に泣き崩れた乃梨子を足蹴にしながら、さらに一時間ほど言葉責めを繰り返した。精神崩壊してしまうのではないかと心配になったくらいだった。しかし乃梨子は、発狂することさえ許されなかった。やがて寝室に引きずっていかれると、手脚を拘束され、口枷をされた。

それだけではなかった。ローターを前の穴と後ろの穴に埋めこまれた状態で放置されたのである。

「電池が切れるまで、俺に逆らったことを後悔したまえ」

龍太郎は言っていたが、ローターの電池は思った以上に長持ちするものらしく、あれから三、四時間は経っているのに、まだ乃梨子の二穴を刺激しつづけていた。

上杉は深い溜息をもらして、ふたつのローターのスイッチを切った。

乃梨子が上杉に気づいて顔をあげた。口枷を取ってやっても、乃梨子はしばらく言葉を継ぐことができなかった。眼の焦点さえ合わないまま、獣のようなうめき声をもらしているばかりだった。

「大丈夫ですか？」

上杉が乱れた髪を直してやると、乃梨子はハッと我に返った。上杉を見たが、すぐに顔をそむけた。その顔には恥辱と屈辱にまみれていた。

無理もない。彼女は女として……いや、人として決して見せてはならないところを見せてしまったのだ。

「すいませんでした……」

上杉は言った。

「実は僕も、ご主人に弱みを握られてしまいましてね。行きがかり上、あなたを裏切ることになってしまいましたが……さすがにやりすぎだ。ご主人はいつも、こんな感じであなたを扱ってたんですか？」

「まっ、まさか……」

乃梨子は呆然とした顔で首を横に振った。

「わたしはたしかに、あの人に調教されてMになりましたけど……浣腸を使ったプレイだって何度もしたことがあるけど……昔はもっと愛があった。こんなの……こんなのただの虐待《ぎゃくたい》じゃない」

たしかにその通りだと上杉も思った。

「あなた、わかってるの？」

乃梨子が意味ありげに声をひそめた。

「あの人、わたしたちを殺すつもりよ……」

上杉は息を呑んだ。

「あの人はね、半グレと付き合いがあるんだから……中には刑務所に入っていたような危険な人もいる。明日になったら、そういう人たちがここにやってきて、三人とも殺されるでしょう」

「……三人？」

上杉は首をかしげた。乃梨子の意見はそれ自体、ショッキングなものだった。上杉もなんだかそんな予感がしていたから、乃梨子と話をしにきたのだ。

自分を裏切った妻と、妻を寝取った男をまとめてこの世から消してしまう——それが龍太郎のシナリオではないのか。凶行に及ぶ勢いをつけるために、あえて自分の目の前でセックスさせたのではないかと……。

だがその前に、人数が合わないことが気になった。

「殺されるのは、奥さんと僕と……あとひとりは？」

「わたしのお腹の中に子供がいる」

「えっ？」

「あなたの子供。わたしは妊娠できない体質じゃないもの。あの人は種なしですけどね」

「あの、いや……まさかさっきの中出しで？」

「そうよ」

「どうして妊娠したってわかるんですか？」

「わかるわよ、女には」

「いや、でも、たった一回で……」

「信じないならべつにいいけど、十カ月経ったら真実はわかります」

確信に満ちた乃梨子の眼つきに、上杉はたじろいだ。彼女が妊娠できない体質ではないなら、子供ができてもおかしくないような気がした。あれほど興奮したセックスの経験はなく、いつもの倍以上の回数、男の精を漏らしつづけたのだ。

「どうするのよ？」

乃梨子が震える声で言った。

「このまま、殺されるのを待ってるわけ？　あなたに中出しを許した時点で、わたしは確信した。あの人は殺す覚悟を決めてる」

「……どうしろっていうんですか？」

上杉の声も震えだした。

「いっ、一緒に逃げますか？」

言ってはみたものの、現実感がなかった。自分が逃げたら、先祖代々の土地はどうなるのだろう？　あるいは未央は……。

「逃げたって追いかけられるだけ。やくざって警察より捜査能力高いのよ。法律なんて守らなくていいから」

「それじゃあいったい……」

「殺される前に殺すしかないでしょう？」

上杉は再び、息を呑んだ。

「あなたがここに来たってことは、あの人はもう酔いつぶれてるんでしょう？　いましかないわよ、殺すチャンスは」

乃梨子は本気のようだったが、さすがにうなずくことはできなかった。逃げることにも現実感がなかったが、殺すことにはもっとない。夢の中の話のようだ。

「迷う必要あるかしら？　あの人がいまここで死ねば、わたしには遺産が入ってくる。あなたはわたしと一緒に、お腹の中の子を育てる。頭のおかしい半グレになぶりものにされて東京湾に沈められるより、ずっといいじゃないの」

重苦しい沈黙が広い寝室を支配した。

「……どうやって殺すんですか？」

上杉はかすれた声で言った。

「……わたしにまかせて」

乃梨子は迷いつつも、覚悟を決めるように言った。

上杉は乃梨子の手脚を縛っている拘束バンドをはずし、二穴に埋めこまれたローターも抜いてやった。乃梨子は立ちあがろうとしたが、すぐには無理だった。手も脚もぶるぶる震えていた。それでもなんとか、まるで生まれたての子鹿のように、時間をかけてたちあがった。

なにをする気なのだろうか？

歩くのも大変そうなこの体で……。

乃梨子がよろよろしながら寝室から出ていったので、上杉も続いた。

「お風呂にお湯を溜めてきてくれる？」

命じられ、その通りに動いた。リビングに戻ると、乃梨子は龍太郎のシャツのボタンをはずしていた。服を脱がせたいらしい。

「手伝ってよ」

上杉はあわてて近づいていった。心臓が爆発しそうなほど胸を打っていた。いま龍太郎が眼を覚ましたら、どう振る舞うべきなのか、そればかり考えていた。ジムにでも通っているのだろう、龍太郎の体はマッチョと言っていいほど筋肉をまとっていた。腕っぷしも強そうなら、胆も据わっていそうなので、喧嘩になって勝てる自信はまったくなかった。

「大丈夫よ、この人、お酒飲んで寝たら、朝まで絶対眼を覚まさないから」

乃梨子は龍太郎のブリーフをめくりおろした。勃起していないペニスが露わになった。これが乃梨子をM女に調教し、未央に舐めさせていたイチモツかと思ったが、そんなことを気にしている場合ではなかった。

乃梨子に指示されるまま、上杉は龍太郎を担ぎあげた。ひどく重かった。バスルームまでの数メートルの距離が地球の裏側に感じられるほどだったが、歯を食いしばってなんとか辿《たど》りついた。

運ぶのに時間がかかったおかげで、浴槽には湯がたっぷりと溜まっていた。龍太郎を沈めた。顔まで沈むとさすがに眼を覚まして暴れだしたが、乃梨子とふたりで押さえつけた。上杉は彼女を決して見なかった。鬼気迫る般若《はんにゃ》のような顔をしているような気がしてしようがなかったからだ。

龍太郎が事切れると、バスルームを出た。上杉も乃梨子も、ハアハアと息をはずませていた。息苦しさが、生きてる実感を与えてくれた。浴槽で溺死《できし》した龍太郎は、二度と呼吸することができない……。

乃梨子に手を取られ、寝室に向かった。彼女の顔をまだ正視できていなかったが、なにをしようとしているのかは痛いくらいに伝わってきた。もつれあうようにして、ふたりでベッドに倒れた。

セックスが始まった。

第六章　百合の花の匂い

1

警察はなんとか欺《あざむ》くことができたらしい。

上杉は夜のうちにマンションを出て、乃梨子は早朝まで待ってから一一九番に電話することになっていた。救急隊員が龍太郎の死亡を確認したら、すぐに警察がやってきたという。

乃梨子は、自分が寝ている間に夫が泥酔して風呂で溺れ死んだと主張し、警察はとりあえずその証言を信用してくれたらしい。

「そういうわけだから、心配しないで。しばらく連絡できないけど、なにかあったらすぐにＬＩＮＥする」

乃梨子の話を聞いても、上杉は手放しで安堵することはできなかった。世間にはおしどり夫婦で通っていても、龍太郎も乃梨子も外に浮気相手がいたわけだし、龍太郎が死ねば乃梨子はけっこうな遺産を引き継ぐことになる。殺人の動機はあるのだ。おまけに、龍太郎は半グレとの付き合いがあった。彼らが龍太郎の死をどう捉《とら》え、どんな動きをするのかまったく予想できなかった。

それから数日、上杉は落ち着かない日々を過ごした。普段通りに過ごさなくてはならないと頭ではわかっていたが、とても下町の不動産屋まで足を運ぶ気にはならず、さりとて未央との関係も改善されていないままだったから、書斎にこもって酒ばかり飲んでいた。

乃梨子に会って状況を確認したかった。せめて電話で話がしたかったが、彼女のほうから連絡するまでおとなしくしていてくれと釘《くぎ》を刺されていたので、できなかった。乃梨子は忙しく動きまわっているはずだった。警察への対応もそうだし、家族への対応もある。龍太郎が経営していた会社をどうするかについても、残った社員と協議する必要があるだろう。

乃梨子を信じてよかったのだろうか……。

酒浸《さけびた》りの頭に、彼女への不信感が何度も浮かんできた。あのときはつい信用してしまったけれど、あとから考えてみれば乃梨子の言葉には裏がとれているものがひとつもなかった。

龍太郎は自分たちに殺意がある……。

半グレがやってきてそれを実行する……。

殺されるのは三人、お腹の中にあなたの子供が……。

すべて思いこみと言えば思いこみだし、真っ赤な嘘であることも充分に考えられた。

乃梨子は要するに、龍太郎を殺したかったのだ。愛などとっくになくなっていた相手に浣腸プレイでプライドをズタズタにされ、怒りのあまりこの世から退場してしまって遺産も奪ってしまおうと、上杉を焚《た》きつけたのではないか。

そう考えるのがいちばん辻褄《つじつま》が合う気がした。腹に子供がいるなどという話で情に訴えてくるところなんて、プロの詐欺師まがいだ。いま考えれば嘘に決まっているが、中出ししたばかりの状況で言われたら男は動揺し、言いくるめられてしまってもしかたがない。

しかし、その結果として上杉は、殺人の共犯者になってしまった。

どうすりゃいいんだ……。

どこかに逃げようにも、金がない。龍太郎の罠に嵌まって、虎の子の一億円を騙しとられてしまった。せめてあの金があったなら、未央とふたりで行方をくらますことができたのに……。

乃梨子は裏切らないだろうか？　共犯者ということは、こちらも彼女の弱みを握っているわけで、簡単には切り捨てられないはずだった。しかし、彼女は頭がいいうえに狡猾《こうかつ》で、血も涙もない。曲がりなりにも神様の前で永遠の愛を誓った男を、あっさり殺してしまったのだから……。

酒がなくなり、書斎から出た。扉の前に未央が立っていたので、ビクッとする。

「なっ、なんだい？」

「……話があります」

未央は青ざめた顔で、けれどもまなじりを決して言った。彼女とまともに口をきかなくなって、すでにひと月以上が経過していた。いよいよ別れを切りだされるかもしれなかった。上杉に別れるつもりはないが、この状況でそんな重い話をするのはさすがにきついものがある――と思いつつも、未央の様子が普通ではなかったので、しかたなくソファに並んで腰をおろした。

「なんだい、話って？」

「田村さんが亡くなりました」

「えっ？」

上杉は首をかしげた。

「誰だい、田村さんって……」

「マンションを買ってくれた人です。すごく痩《や》せてて、髪が薄い……」

「ああ……」

上杉はようやく思いだした。乃梨子のモテ講座から供給されてきたカモで、デート商法を始めた初期のころ四千万円台の中古マンションを売りつけた。築二十年を超えていたが、駅や商店街から近い比較的優良物件だったはずだ。

「フリーのコンピュータープログラマーだったんで、不景気の煽りで仕事が激減したらしくて……自殺しちゃったみたいです」

「ネットニュースにでも出てたのかい？」

いまどき珍しくもない話なので、ニュースバリューがあるとは思えないが……。

「ご遺族の方からメールが来ました」

未央は唇を噛みしめた。

「わたし宛に遺書があったって。その画像が添付されてたんですけど、『愛してる、愛してる、愛してる……』ってそればっかり何十行も……」

「こわ」

上杉は笑ったが、未央は真顔を崩《くず》さなかった。

「マンションのローンがなければ、なにも自殺まではしなかったんじゃないでしょうか。そう思うと、わたしもう、胸が痛くて……」

「気にすることはないよ」

上杉は首を横に振った。

「だってその男、仕事が激減したから自殺したんだろう？　マンションは関係ないじゃないか」

「でも……」

「ローンがあろうがなかろうが、死ぬやつは死ぬさ。それが寿命だったんだ」

「本気でそう思ってるんですか？」

「あっ、いや……」

未央の眼に涙が浮かんだので、上杉は口ごもった。

「わたしたちのやってたことって、やっぱり詐欺ですよね？　そういうのデート商法とか色恋営業っていうって、ネットに書いてありました」

「いやいや、ネットなんて嘘ばっかりだから……」

「わたし、いろいろ調べてみたんです。不動産のことなんてなにもわからなかったから、上杉さんの言う通りにしてましたけど、相場よりずっと高く売ってるし、審査の通りやすい利息が高い金融機関とか紹介したりして……」

「落ち着けよ」

未央が声を震わせながらにじり寄ってきたので、上杉は誤魔化すように苦笑した。

「たしかにそういうところはあったかもしれないが……うちは普通の不動産屋じゃないからね。お客さんに夢を見させている。キミのような可愛いお嫁さんと新婚生活を送れるって夢を……そのぶん割高になるのは当然じゃないか」

「でも、わたしにはそんなつもりは全然ないし」

「べつにいいんだよ、なくたって。お客さまが見ている夢は『キミのようなお嫁さん』であって、キミ自身じゃない。そんなの当たり前じゃないか。いちいちキミが結婚してたら、収拾がつかない」

「もういいですっ！」

未央は声を荒げて立ちあがった。

「上杉さんのそういう屁理屈、聞き飽きました。わたし、警察に行きます」

「はっ？　なんだよ警察って」

「詐欺商法でマンション売っていましたって自首します」

未央が玄関に向かったので、

「おいおい……」

上杉はあわてて追いかけた。未央の華奢な双肩をつかみ、こちらを向かせる。

「馬鹿なことを言うなよ。そんなことして、誰が得をする？」

「わたし、もう嫌なんです。また誰か自殺したらと思うと……」

「大丈夫だよ、そう簡単に人間が自殺するもんか……」

「同じことを……」

　未央は噛みつきそうな顔で睨んでいた。

「警察にも言えばいい」

「待ってくれよ……」

「上杉さんには黙ってましたけど、わたし何人ものお客さんに言われたんですよ。絶対に裏切るなよって。裏切ったら死んでやるなんて言う人も、中にはいて……でも全員裏切りました。上杉さんが好きだったから……でも、もう耐えられません。胸が痛くてわたしのほうが死にそうです……」

「わかる、わかるよ……」

　上杉は必死でなだめようとした。

「キミは心がやさしい人間だから、良心の呵責《かしゃく》に苦しんでいるのはよくわかる。でも、警察はやめよう。他にも選択肢があるんじゃないか。それを考えよう？」

「じゃあ……」

　未央はしばらく逡巡してから言った。

「不動産を売った人たち全員に連絡をとって、経済状況や精神状況を確認してください。自殺しそうな人がいたら助けてあげてください」

「そっ、そんな無茶な……二十人以上いるんだぜ」

「できないから、警察に行きます」

「いやいやいや……」

上杉は未央を抱擁《ほうよう》しようとした。この場で押し倒して久しぶりにセックスしようと思った。未央の機嫌が悪いのは、このところオルガスムスから遠ざかっているからなのかもしれなかった。抱いてやれば機嫌も直り、警察に自首するなんて馬鹿な話もとりさげてくれるに違いない。

しかし、キスをしようと近づけた顔を、スパーンとビンタされた。

「馬鹿にしないでください」

涙眼で睨まれ、上杉は動けなくなった。どうやら未央は、本気らしい。本気でこれ以上自殺者が出ることに怯え、それを阻止《そし》しようとしているのだ。

2

久しぶりに訪れた西新宿のホテルは、妙によそよそしい感じがした。

地上四十階のいつもの部屋に入ると、上杉はまず洗面所で顔を洗った。それでも落ちつかず、ミニバーから缶ビールを取りだす。半分ほど一気に喉に流しこんでも、酔える気がしなかった。缶を持つ手が小刻みに震え、すべて飲み干してもまるでおさまってくれなかった。

夫の龍太郎を亡くしてしまったことを理由に、乃梨子はカルチャースクールの講師をやめていた。だから今日は、講座の終わりを待っているのではなく、純粋な逢瀬と言っていい。

ふたりが殺人の共犯者になってから、顔を合わせるのは初めてだった。あれから二週間が経っていた。乃梨子はまだ会うのは早いと言ったが、上杉はもう待てなかった。とにかく会って話をさせてくれと強引に呼びだした。

ならば、と乃梨子は自宅に来るように言ってきたが、それは上杉が拒否した。行けばかならず、龍太郎を殺したときのことを思いだしてしまう。逆に、乃梨子はよくあの部屋に住みつづけられているものだ……。

やはり、血も涙もない女なのだろうか。

扉が開き、乃梨子が入ってきた。喪服のつもりなのだろうか、黒いワンピース姿だった。自分で殺しておきながら、喪服を着て悲しさアピール――この女がやりそうなことだと思った。

「お久しぶりね」

乃梨子の顔は少しばかりやつれていたが、高慢ちきな笑みは以前とまるで変わらなかった。やつれて見えるのもまた、演出なのかもしれない。女の顔色なんて、化粧次第でどうとでもなる。

「ようやく会えましたね……」

上杉は魂までも吐きだすような深い溜息をついた。

「会いたくなかったわけじゃないのよ。あなたとセックスがしたくてしようがなかった。でもまだ、亡くした夫のことが全部片づいたわけじゃない。とくに会社の後処理が面倒で……」

唐突に言葉が切れた。

上杉がナイフを出したからだ。部屋に入ってきたばかりの乃梨子は立っていて、上杉はソファに座っていた。ナイフを見せた状態で立ちあがった。

通販で買った五千円もしないものだが、刃渡りが三〇センチ近くあり、切れ味がよさそうな銀色に輝いている。

「なっ、なに……」

顔をこわばらせた乃梨子に、一歩、二歩と近づいていった。彼女が後退ると、壁際まで追いつめた。

「僕に嘘はついていませんか？」

上杉は震える声で言った。

「なんの話？」

乃梨子が眉をひそめる。

上杉はその顔を睨めつけながら訊ねた。

「あのとき……ご主人を殺したとき、本当に半グレが来そうだったんですか？」

「わたしはそう確信してるけど」

「それじゃあ、お腹の子供は……」

乃梨子はふっと笑ってから言った。

「もしかしてあなた、わたしに裏切られることを恐れてるの？」

「……そうですね」

「裏切られるのが不安で、しつこく会いたい会いたいって言ってきたわけ？」

上から目線で言ってきたので、

「悪いですか？」

上杉はナイフの刃を乃梨子の喉元にあてた。

「不安になるのも当然じゃないですか。人殺しまでしてしまって……」

視線と視線がぶつかった。乃梨子は眼をそむけなかった。逆に、挑むように睨んできた。

「そんなにわたしが信用できないなら、ひと思いに殺してちょうだい。わたしは夫じゃなくて、上杉さんを選んだの。自己責任で選んだあなたに殺されるなら、もうしかたがない。わたしに人を見る目がなかったたってことですからね……」

上杉はにわかに言葉を返せなかった。乃梨子が嘘をついているようには見えなかった。その瞳は澄みきって、本当に死すら受け入れる覚悟があるように見えた。

「ほっ、本当に僕を騙そうとしてませんか？」

声が情けなく上ずってしまう。

「どうしてそう卑屈になるの？」

乃梨子は哀しげな眼で見てきた。

「わたしたち、けっこういいコンビだと思うけど。殺した夫以外で、あれほど体を自由にさせたのは、あなたくらいのものなのよ」

上杉は、こみあげてきそうになった嗚咽を必死に呑みこんだ。

「ぼっ、僕にはっ……僕にはもう、なにがなんだかっ……」

声を震わせ、うなだれた。乃梨子の喉にあてていたナイフを下におろすと、そのまま崩れ落ちるように床に膝をついた。最初から脅すだけのつもりだった。しかし、乃梨子の反応いかんによっては、自棄になってしまうかもしれないと、自分で自分が怖かった。もはやなにもかも面倒くさいので、乃梨子を殺して自分も死ぬ――そういう結末でもいいような気がしていた。

「どうしたのよ……」

乃梨子も膝を折ってしゃがみ、上杉の肩に手をのせてきた。

「わたしはあなたを裏切らないし、あなたもわたしを裏切らない。そう約束したでしょう？　わたしはあなたの味方なのよ。なにをそんなに怖がってるの？」

「たっ、大変なことになったんです……助けてください……僕の味方だっていうなら、たっ、助けてっ……」

　上杉は涙を流し、しゃくりあげながら、未央のことをすべて白状した。カモの供給源として利用させてもらっていたが、乃梨子にはデート商法で物件を売りさばいていることまでは伝えていなかった。もちろん、未央というパートナーがいることも。彼女が龍太郎の元愛人であったことも……。

　乃梨子は顔色を変えずに話を聞いていた。未央の様子がおかしくなり、警察に駆けこまれそうだと言っても、眉ひとつ動かさなかった。

「つまり、あなたはあの人からわたしと愛人、ふたりとも寝取ったってわけね？」

「……そうです」

「けっこうなワルじゃないの。そんなふうには見えなかったけど」

「……すいません」

「謝ってもしようがないでしょ。とにかく善後策を考えないと……その子に警察になんか行かれたら、わたしもまずいことになる。モテ講座からお客さんを誘導してたんですからね。あの人に愛人がいたって警察にバレるのもうまくない。夫が死んだタイミングでそんな話が出てきたら、警察だっておかしいと思うはずよ、絶対」

「……どうしたらいいんでしょうか？」

上杉は涙を流しながら訊ねた。

「未央には頑《かたく》なところがあって……世間知らずの潔癖症だから、一度こうと思いこんだら譲らないところがあって……」

「とにかく落ちついて考えましょう」

「一緒に考えてもらえますか？」

上杉は捨て犬のような上目遣いで乃梨子を見た。

「当然よ。でも、ナイフ出して脅すなんて、二度としないでちょうだい。まったく、あんなに熱く愛しあった仲なのに、なに考えてるんだか……」

乃梨子は深い溜息をひとつついてから立ちあがると、フロントに内線電話をかけ、ルームサービスで赤ワインとオードブルを注文した。


翌日、上杉は未央を連れて乃梨子のマンションに向かった。

二度と近づきたくない場所だったが、いちばん都合のいい場所だと乃梨子に押しきられた。上杉はもはや、乃梨子の言いなりに動く操り人形のようなものだった。いろいろなことがありすぎて、考えることを放棄していた。

「いったいどういう人なんですか？」

ウォーターフロントに向かうクルマの中で、未央が訊ねてきた。

「本当にすべてを話して相談に乗ってもらえるんでしょうか？」

「大丈夫だよ、安心していい」

上杉はハンドルを握りながらうなずいた。

「ずいぶん前の話なんだけど、メンタルをやられて心療内科にかかったことがあるんだ。いまから会うのはその女医さんだ。治療が終わっても、不動産の仕事がらみでちょっと繋がってて、懇意《こんい》にしてもらってる……なんていうかほら、ふたりで話していると、感情的になってしまうだろう？　こういう場合、第三者を入れて話したほうが冷静に結論を出せるはず……もちろん、僕は責任から逃れようだなんて思ってないぜ。キミに言われて眼が覚めた。警察に行くことも含めて、自分の犯してしまった罪をどうすれば贖《あがな》うことができるのか、今日はじっくり考えたい……」

未央は言葉を返してこなかった。しかし、上杉が罪を認める発言をしたことで、少しは安堵してくれたようだった。

乃梨子の部屋は、以前来たときとは様変わりしていた。玄関にも廊下にもリビングにも、大量の生花が活《い》けられていた。百合《ゆり》の花が放つ強い匂いで、むせかえるほどだった。

迎えてくれた乃梨子本人は、生花よりも艶めかしかった。熟れた体をワインレッドのドレスに包んでいた。生地の色合いも高級感たっぷりなら、凹凸に富んだ体のラインを見せつけてくるような、セクシーなデザインだ。

自宅でそんな格好をしていれば、普通は滑稽に見えるものだろう。

しかし、乃梨子はドレスを着るために生まれてきたような美人だし、ドレスによってその美貌はますます輝いていた。

リビングにはシャンパンやワインが用意され、色とりどりのオードブルも並んでいた。ちょっとしたホームパーティの様相だった。上杉や未央の知らない富裕層の日常だ。窓から見える地上四十二階からの風景が、庶民の生活とは一線を画す特別感を与えている。

「いらっしゃい、初めまして」

乃梨子に声をかけられた未央は、ひどく戸惑った様子でうつむいた。挨拶の言葉さえ、口の中でもごもご言っただけだった。

「なにかお話があるみたいだけど……」

乃梨子は上杉に言った。

「準備しちゃったから、ちょっとお酒を楽しんでからでもいいでしょう？」

「ええ……」

上杉はうなずき、

「いいよね？」

と未央にも訊ねた。未央は視線が定まらず、ただうなずいただけだった。

富裕層の日常に圧倒されていただけではない。未央は基本的におしゃれとは縁が遠い女なのだ。決してセンスが悪いわけではないのだが、装いに金をかけるのは贅沢だと思っているのだろう。その日も、何年も着ていそうなモスグリーンのセーターに白いコットンパンツだった。派手なドレス姿の乃梨子を前にして、完全に気後れしてしまっている。

乃梨子はそういう女の扱い方を心得ているようだった。あえて皮肉など口にしなくても、エレガントにシャンパングラスを傾けながら身振り手振りだけでマウントをとり、未央のコンプレックスをぐりぐりと刺激する。

同じ女として恥ずかしい――未央はそう思っているはずだった。服装だけではなく、メイクもしていなければ、アクセサリーもつけていないのだから……。

それでも、未央には若さという武器があった。乃梨子がとっくに失ってしまった、透明感や清潔感でまぶしく輝いていた。マウントをとりながらも、乃梨子がそのことに気づいていないわけがなかった。誇らしげにドレスの裾を揺らし、大人の女のボディラインを見せつけながらも、内心では歯噛みしていたに違いない。

なにしろ……。

未央は夫の愛人だったのだ。恋愛感情のない金銭を介在させた関係だったとはいえ、龍太郎とラブホテルに行っていたのである。

「あなた、もったいないわね」

乃梨子が未央をまじまじと眺めながら言った。

「せっかく可愛いお顔をしてるんだから、もっと女らしい格好をしたらいいのに」

「でも、わたし……」

未央は恥ずかしそうに身をよじりながら言った。

「お洋服とか、全然もってないんです……」

「あら、じゃあプレゼントしてあげましょうか？」

乃梨子は甘く微笑んだ。

「サイズ違いのやつで着られないのがいっぱいあるの……わたしには小さすぎてね。あなたみたいな可愛い子に着てもらえたら嬉しいな」

「いえ、そんな、初対面なのに……」

未央は当然のように遠慮しようとしたが、

「いいからちょっと来て」

乃梨子は未央の手を取った。

「あなたが素敵な服を着ていたほうが、パーティも盛りあがるもの。ね、そう思わない？」

ぼんやりしている未央の手を引き、乃梨子はリビングから出ていった。未央はおそらく、乃梨子のようなタイプの年上の女と接したことがない。すっかりペースを握られて、拒む隙さえ与えられなかった。

3

リビングが急に静かになった。

ひとり残された上杉は、シャンパンをグラスに注ぎ、一気に飲み干した。シャンパンは意外なほどアルコール度が高い。口当たりのよさに騙されてピッチをあげると、あっという間に酔いがまわる。女にそうと気づかれずに酔わせるには、もってこいの酒かもしれない。気がつけば酔っている、というやつである。

まるで……。

いまの未央のようだと思うと、上杉の胸は痛んだ。

すべては乃梨子のシナリオ通りに進んでいた。初めて会うはずなのに、未央の反応まで乃梨子の想定したままだったので、戦慄を覚えずにはいられなかった。元女医にしてモテ講座講師の面目躍如と言ったところか。

上杉はシャンパングラスをテーブルに置くと、足音をたてないように注意して廊下に出た。向かう先は寝室だ。ドアがほんの少し、二センチほど開いていた。それもまた、乃梨子のシナリオ通りだった。

「正確なサイズを計りたいから服を脱いでもらえる？」

乃梨子はメジャーを片手に未央に言った。

「えっ？　でも……」

未央の視線が泳ぐ。

「女同士なんだから、遠慮することないでしょう」

乃梨子は甘い笑顔を浮かべつつも、強引に未央のセーターの裾をめくりあげた。白いインナーを着けている腹部を露出されてしまい、未央は困った顔をしつつも両手をあげた。モスグリーンのセーターが脱がされた。続いて、タンクトップのような白いインナーも頭から抜かれる。

パステルグリーンのブラジャーが露わになり、未央はあわてて両手で胸を隠した。彼女の羞じらいなどおかまいなしに、乃梨子は続いて白いコットンパンツを脱がせてしまう。ショーツもブラジャーと揃いのパステルグリーンだった。ストッキングは着けておらず、白地に花柄の靴下を穿いていた。

「うーん」

未央の下着姿をまじまじと眺めた乃梨子は、腕組みをして唸った。

「ずいぶん子供っぽい下着を着けてるのね？」

未央の頬が赤く染まった。

「いまいくつだっけ？」

「……二十一です」

「だったらもう少し下着にも気を遣わなくちゃ。ちょっと来て」

乃梨子は未央の手を取り、大きな姿見の前に立った。

「ほら、自分でよく見てみなさい。子供っぽいと思わない？　よかったら、ランジェリーもプレゼントしましょうか？　未使用のものがあるから……」

未央は真っ赤になってうつむくばかりだった。彼女はそもそも、下着に贅沢をするタイプではない。人に見られる服さえあまり持っていないのだから、高級ランジェリーになど興味を示すわけがない。

しかし、すぐ隣にワインレッドのドレスを着た大人の女が立っていると、自分がいかにも子供っぽいのがわかるはずだった。花柄の靴下を穿いたままなのが決定的に幼げで、セクシーには程遠い。

しかも、隣の乃梨子が唐突にドレスを脱ぎはじめたので、未央はびっくりしたようだった。

「大人の女のランジェリーって、こういうのを言うのよ」

乃梨子は鼻に皺を寄せて悪戯っぽく笑った。

黒いレースの悩殺的なランジェリーを着けていた。ブラジャー、ショーツ、それにガーターベルトの三点セットだ。ストッキングはセパレート式で、極薄の黒いナイロンに包まれた長い美脚が麗《うるわ》しい。ドアの隙間からのぞいている上杉も、妖艶さに圧倒された。

隣にいる未央は、もっとそうだったに違いない。鏡に映った乃梨子と生身の乃梨子を交互に見て、うつむいた。可愛い顔が真っ赤に紅潮していた。同性の下着姿を見て、恥ずかしかったわけではないだろう。

またもや、コンプレックスを刺激されたのだ。

口に出しては言わないが、未央は自分の幼げな容姿に劣等感を抱いている。スマホでAVをチェックしても、上杉にまで見せてくるのは、決まって彼女と似たようなタイプが出演している作品だ。可愛い顔をして幼児体型の若い女の子……グラマラスな女が自動再生で画面に出てきたりすると、あわてて消す。彼女は彼女なりに、バストやヒップが小さいことを悩んでいるのだ。

そんな二十一歳の女子大生にとって、乃梨子のランジェリー姿は羨望《せんぼう》の的でもあるだろうし、眼をそむけたい対象でもあるに違いない。いずれにせよ、自分と比べられることだけは絶対に嫌だと思っているはずだ。

「せっかく素材はいいのにね……」

心を千々に乱している未央に、乃梨子は身を寄せていった。動けない未央を横から抱きしめ、パステルグリーンのブラに包まれた控えめなふくらみをまさぐった。

「なっ、なにをっ……」

未央が驚いて眼を剝いても、乃梨子は余裕綽々の笑顔で受け流す。

「あんまり綺麗な体だから、つい触りたくなっちゃった。ごめんなさい」

謝りつつも、乃梨子の手指は無遠慮に胸をまさぐりつづける。未央が胸を庇《かば》うために背中を丸めると、ブラジャーのホックをはずした。

「ランジェリーをプレゼントしてあげるから、裸になって」

「いっ、いいですっ……遠慮しますっ……やめてくださいっ……」

声をか細く震わせるばかりの未央は、呆気なくブラジャーを取られてしまった。純粋な彼女に、乃梨子が胸に秘めている黒い奸計《かんけい》など推《お》し量《はか》れるはずがなかった。

「やだぁ、未央ちゃん。乳首がピンクじゃない」

乃梨子がからかうように眼を丸くする。

「素敵よ。穢れがない感じで」

「みっ、見ないでっ……見ないでくださいっ……」

未央は真っ赤になって身をよじったが、まだ自分の嵌まってしまった罠には気づいていない。乃梨子に押されるまま、ベッドに倒れこんでしまう。乃梨子は未央を離さない。ケラケラと悪戯っぽい笑い声をあげて、未央の体をまさぐりつづける。

「ああっ、やめてっ……お願いしますっ……許してっ……」

未央が身をよじっているのは、抵抗しているというより、羞じらっているからだった。まだ、年上の女にからかわれていると思っているようだった。だから、その両手を背中で拘束されても、訳がわからなかったに違いない。なぜ体の自由が奪われるのか、そもそもどうしてベッドに拘束ベルトのようなものがあったのか、冷静に考えることもできないまま、パニックに陥《おち》ったはずだ。

「なっ、なにをするんですかっ……」

「いいじゃない。ちょっとふたりで楽しみましょうよ」

甘くささやいた乃梨子の眼が淫靡に輝いているのを見て、未央は初めて悟《さと》ったはずだ。この人は、女にも欲情するのだと……。

「ふふっ、可愛いおっぱい。素敵よ。食べちゃいたくなる」

「ダッ、ダメッ……ダメですううっ……」

乃梨子のシナリオでは――。

ここで上杉が寝室に入りこむことになっていた。そして参加する。未央に恥という恥をかかせ、牝奴隷に堕《お》とすプレイに……。

昨日、西新宿のホテルでのことだ。

「要するに、その未央って子を言いなりにすればいいんでしょ？」

泣きながら今後のことを相談した上杉に、乃梨子は言い放った。

「だったら簡単よ。セックス漬けにしちゃえばいいの。部屋に何日も監禁して、容赦《ようしゃ》ない責めでM女にしちゃえば、それでおしまい。ご主人さまを警察に突きだすことなんてできなくなる」

「……そう言われても」

上杉は深い溜息をついた。

「僕は彼女に、ひどいことなんてできないんですよ」

「わたしにはしてるのに？」

乃梨子に睨まれ、上杉は身をすくめた。

「だって、天使みたいな子なんですよ。いままでも、丁寧《ていねい》に丁寧に時間をかけて体を開発したんです……M女にするなんて、僕にはとても無理だ」

「ふうん」

乃梨子の眼が完全に据わった。

「だったら、わたしが調教してあげるわよ」

「えっ……」

上杉は驚愕に眼を見開いた。

「乃梨子さん、マゾじゃないですか？　それに女同士って……レズビアンの気もあったんですか？」

「全然」

乃梨子はきっぱりと首を横に振った。

「わたしはマゾヒストだし、男以外は愛せない。誓《ちか》って言うけど、レズビアンプレイなんてしたいと思ったこともないわよ。でも、その子は特別ね」

「特別、とは？」

「夫を寝取った泥棒猫じゃないの。恨みがあるのよ。おまけにあなたのことまで夢中にしてて……泣かせてやりたくなって当然でしょう？」

口許だけで薄く笑った表情に、上杉は震えあがった。

「性癖がマゾだって、自分がやられて興奮する……ううん、ここまでやられたら言いなりになっちゃうってことをやればいいだけですからね。そうね、どんなにかかっても一週間もあれば、従順な牝犬にしてあげる」

やけに自信たっぷりな口調なのには、理由があるようだった。

「わたしも、死んだあの人にされたんだもん。結婚したばかりのころ……それまでは蝶《ちょう》よ花よの扱いだったのに、一緒に住みはじめた途端に、あの人はわたしの上に君臨するご主人さまになったの。毎日毎日、屈辱的なプレイで泣かされて、でもだんだん屈辱の果てにある狂おしいほどの絶頂が欲しくて欲しくて頭がおかしくなりそうになって、わたしはあの人の奴隷になった。あくまで夫婦の営みの中でのことで、昼間は普通なのよ。人前に出たときは、それまで通りレディファーストで扱ってくれた。でも、中身は奴隷。その呪縛から逃れるのに、一年以上かかったから……セックスレスになって一年……」

「乃梨子さんほどの人でも、そうなんですか？」

「そうよ。呪縛から逃れても、性癖だけはいまだに残ってるくらいじゃないの。あのとき……ふたりであの人を殺したとき、あの人はわたしをもう一回調教し直そうと思ってたはず。自分のペニスに自信がなくなったから、あなたという協力者を得てね。だからわたしは、まだ気力が残っているうちに、あの人を殺そうってもちかけたわけ。半グレが殺しにくるって思ったのは嘘じゃない。でもそれは、次の日とは思ってなかった。あの人はたぶん、あのまま何日も調教を続けて、わたしをすっかり牝奴隷に堕としてから殺すつもりだったんじゃないかしら……」

半グレに殺されるという話自体も、もしかするとそれほど確信があったわけではないのかもしれない――そう思った。それでも上杉は、乃梨子を責める気にはなれなかった。

殺されるのも勘弁《かんべん》してほしいが、何日も時間をかけて徹底的に調教されるなんて考えただけでもゾッとする。

本物のサディストらしき龍太郎がどんなシナリオをもっていたか、上杉には想像もつかなかった。だが、浣腸プレイの先にもまだ、マゾの乃梨子でさえ戦慄するようなプレイが用意されていたことだけは間違いない。人間性を次々と奪い去られ、殺されたほうがマシだと思うようなプレイが……。

「それを……未央にするんですか?」

上杉の声は滑稽なほど上ずっていた。

「そうよ」

乃梨子は冷たい眼でうなずいた。

「夫を寝取ってくれたお礼に、新しい快楽の世界に連れていってあげる。ちなみに、レズビアンプレイの経験もないけど、たぶんなんとかなると思う。自分がやられて興奮することをすればいいって意味じゃ、SMと一緒だもの。わたし女なんだから、女がどうすれば感じるかくらい、男よりわかってるわよ」

上杉はただ戦慄することしかできなかった。

未央を牝奴隷に調教する――冗談ではない、ともうひとりの自分が言う。彼女のような天使を、そんなおぞましい存在にしていいわけがない。彼女こそ運命の相手だと確信し、手塩にかけて体を開発してきたのに……。

しかし、いまのままでは確実に、未央に愛想を尽かされる。現状でも、抱くことさえかなわないのである。

たとえ牝奴隷に堕としても、言いなりになってくれたほうがずっといいのではないか、と思った。

それよりなにより、上杉には他の手立てがなにひとつないのだ。乃梨子に勝算があるのなら、それに乗る以外に選択肢がなかった。

4

上杉が寝室に入っていくと、乃梨子に乳首を吸われていた未央は、

「いやっ！」

と声をあげて顔を凍りつかせた。

「ふふっ、ずるいじゃないですか、ふたりだけで楽しむなんて。僕だけ除《の》け者にしないでくださいよ」

下卑《げび》た笑いを浮かべながら服を脱ぎはじめた上杉に、未央は唖然としているようだった。それも当然だ。その台詞、その振る舞いは、彼女の知る上杉ではなかった。寝室に入る前に、キャラクターを変えたのだ。乃梨子を抱いていたときの自分に……いや、龍太郎とふたりで、乃梨子を調教していたときの自分に……。

「驚いたよ、まさかキミが僕を除け者にして乃梨子さんとエッチするような女だったとはね」

ブリーフ一枚でベッドにあがり、未央に身を寄せていった。乃梨子とふたりで、挟みこむような格好になった。

「この子から誘ってきたのよ」

乃梨子が淫靡な笑みをもらしながら未央の顎の下をくすぐる。

「そっ、そんなっ……わたしはなにもっ……」

未央はあわてて首を横に振ったが、

「ありえない話じゃないね」

上杉は遮《さえぎ》って言った。

「可愛い顔に似合わず、この子のセックスに対する好奇心は人一倍、いや、人の十倍は強いんだ。趣味はAV鑑賞だわ、たいした経験もないくせに、妻帯者の愛人になってしまうわ……」

「なっ……」

なにを言いだすの？　と未央は言いたかったのだろう。しかし、その唇の上に、乃梨子の人差し指が置かれた。黙りなさい、と言うように。

「わたしの正体、教えてあげましょうか？」

乃梨子がニヤニヤ笑いながら未央を見つめる。

「渡瀬龍太郎の元妻よ。わたし、あなたに夫を寝取られた女なんです。龍太郎はあなたに夢中になるあまり、わたしを捨てたの。いい歳して捨てられた女の気持ち、あなたにわかるかしら？」

未央は言葉を失い、ただ唇を震わせるばかりだ。彼女は龍太郎がすでにこの世にいないことを知らないので、乃梨子と相談してそういう設定にしておいた。

「彼女とは、最近偶然知りあってね……」

上杉が後を引き受ける。

「素敵な女性なのに、話を聞けばバツイチだというじゃないか。しかも、ご主人に浮気されて捨てられた……普通、気の毒に思うだろう？　僕も思って相談に乗った。さすがに、夫の浮気相手がキミだったのには驚いたが……彼女に話を聞いて思いだしたんだよ。キミは僕と出会う前に、とっても悪いことをしていたってね。デート商法の罪を贖う前に、キミにはしなければならないことがある。まずは不倫の罪を贖うため、彼女から罰を受けなければならない……」

「ふふふっ……」

未央のこわばりきった顔を眺めながら、乃梨子は舌なめずりをした。

「そんなに怖がらなくても大丈夫よ。わたしはね、元夫を寝取った女の体が、どんなものだったか知りたいだけ。ついでに、元夫より気持ちよくしてあげるわよ。あの人、セックス下手だったでしょう？」

「やっ、やめてっ……」

乃梨子が体を起こして脚のほうに移動したので、未央は焦った。ジタバタと脚を動かしたが、無駄な抵抗だった。二十一歳の股間にぴっちりと食いこんだパステルグリーンのショーツは、乃梨子によって両サイドに指をかけられ、ゆっくりとめくりおろされていった。

「ああっ、いやっ……見ないでっ……あああーっ！」

黒い草むらを露わにされ、未央が悲鳴をあげる。美しい小判形に茂った草むらに視線を落とし、乃梨子が舌打ちしそうな顔をする。可憐にしていやらしい生えっぷりに、嫉妬《しっと》でもしたのだろう。そのままショーツはずりさげられていき、脚から抜かれた。

「いっ、いやあああっ……」

泣き叫ぶ未央の背後に、上杉は移動した。後ろから彼女を抱えつつ、両脚をM字に割りひろげた。正面にいる乃梨子からは、未央の花がよく見えているはずだった。手入れなどしなくても性器のまわりが無毛状態の、清潔な花が……。

「みっ、見ないでっ……見ないでくださいっ……」

真っ赤になっていやいやと身をよじる未央の耳元で、上杉はささやいた。

「観念して、不倫の罰を受けるんだ」

「いやっ！　いやですっ！」

「受けないと、龍太郎氏のチンポをしゃぶってる動画が、ネットに流出することになるぞ」

未央の動きがピタリととまった。

「うっ、上杉さん、裏切るんですか？　わたしのことをっ……」

「そうじゃない。キミは良心の呵責に耐えかねて、デート商法の件を警察に自首すると言った。ならば、不倫についても良心の呵責を覚えるべきだと言っているんだ。被害者からの罰を受けるんだ」

「くぅううーっ！」

未央がのけぞり、背中をあずけてきた。乃梨子がクンニリングスを開始したからだった。よく動く長い舌を躍らせて、清潔な花を舐めまわしている。レズビアンでなくても、女がどうすれば感じるかくらい男よりわかっている、と乃梨子は豪語していた。未央の背後にいる上杉からは舐められているところをつぶさにうかがえなかったが、そのかわり表情はよく見えた。

「ああぁっ、ダメッ……なっ、舐めないでっ……舐めないでくださいっ……」

おぞましげに身をこわばらせつつも、眼の下がピンク色に染まっていく。せつなげに眉根を寄せ、半開きの唇を震わせる。

感じているようだった。しかし、それを認めたくないとばかりに、未央は唇を真一文字に引き結んだ。声を出さないようにするためだろうが、いつまでこらえきれるのか見ものだとしか言い様がない。

上杉は、未央の両脚を押さえるのを乃梨子にまかせ、両手を上半身へとすべらせていった。控えめな胸のふくらみの先端では、薄ピンクの乳首が勃っていた。淫らに濡れ光っているのは、乃梨子に吸われて唾液をまとったせいだろう。

左右の人差し指を伸ばし、コチョコチョとくすぐった。

「いっ、いやあああっ……」

と未央が身をよじれば、おとなしくしろとばかりに、ふくらみを揉みくちゃにした。それからあらためて左右ともつまみ、指の間で押しつぶしてやる。

「あああっ……あああっ……」

未央が諦観《ていかん》にまみれた声をもらす。後ろ手に縛られたうえに二対一、というハンディキャップマッチのうえ、彼女にとっては相手が悪すぎた。ひとりはその体を開発した恋人であり、もうひとりは同性なのである。

早くも、猫がミルクを舐めるような音が聞こえてきた。ぴちゃぴちゃ、ぴちゃぴちゃ、とことさらに音をたてて、乃梨子は未央の花を舐めまわしている。もう濡れているわよ、と言わんばかりに……。

「たっ、助けてっ……助けてください、上杉さんっ……」

未央が振り返り、涙に潤んだ眼を向けてくる。もともと保護欲を誘うタイプなので、上杉の胸は痛んだ。心を鬼にして、乳首をひねりあげなくてはならなかった。

「あああぁーっ！」

「心配することはない。彼女も言っていただろう？　痛い思いをさせたいわけじゃない。気持ちよくしてやろうとしてるんだ。こんな楽な罰はないだろう？　不倫という人の道にはずれることをしでかしておいて、ふたりがかりで気持ちよくしてもらえるなんて……」

「でもっ……でもっ……ぅんんっ！」

うるさい口をキスで塞いだ。息がとまるほどの深い口づけで翻弄しながら、ねちっこく乳首を責めた。つまんだり押しつぶしたりするだけではなく、爪を使ってくすぐりまわした。未央はその愛撫にとても弱かった。とりわけ、クンニをしながらだとすぐにイッてしまうことがよくあった。

「ふふっ、可愛いクリちゃんね」

乃梨子が未央に眼を向けた。肉芽の包皮を剝いているらしい。そこに吐息を感じているのか、未央の顔は可哀相なくらいひきつっていく。

「ちっちゃいけど、感度は高そう。どう？　あたってる？」

乃梨子は唇を獰猛《どうもう》な蛸《たこ》のように尖らせて、クリトリスに吸いついた。てっきり舌で舐め転がすだろうと思っていた上杉にとって、それは意外な責め方だった。当然、未央にとっても想定外だったはずだ。

「あっ、あおおおおっ……」

チューチューと音をたてて敏感な肉芽を吸いたてられ、未央はおかしな声をあげた。と同時に、腰がガクガクと震えだす。彼女を後ろから抱いている上杉にまで、震えが生々しく伝わってくる。

未央の股間に吸いついた乃梨子は、卑猥な肉ずれ音をたててクンニリングスに没頭していく。それはまさに、女の股ぐらに齧《かじ》りつくがごとき下品なやり方で、乃梨子の顔の下半分も、みるみる蜜に濡れ光りだした。

同性の愛撫だからさぞやさしくするのだろうと、上杉は予想していたのだが、とんでもない話だった。乃梨子は強く吸ったり、逆に口の中に溜めた空気を吹きつけてぶうぶう音を鳴らしたりして、未央を辱めた。女のもっとも敏感な部分を、歯まで使って愛撫していく。

もしかすると……。

これは本物のサディストである龍太郎のやり方なのかもしれなかった。翻りつくかのような乱暴なクンニリングス——一見、そう見える。実際、未央は怯えている。だが次第に、腰がくねりはじめた。乃梨子は乱暴にやっているように見せかけて、実は女の性感を的確に刺激しているのだ。サディストの愛撫は相手を威嚇《いかく》しつつも、実のところ悪魔のように繊細なのだ。

「あううっ……はぁううっ……はぁうううううーっ！」

未央がもらす声が、どんどんいやらしくなっていく。眉根を寄せてぎゅっと眼をつぶった表情も、快楽に翻弄《ほんろう》されていることをありありと伝えてくる。やがて、背後にいる上杉の鼻先まで、淫らな匂いが漂ってきた。女が発情したときに放つフェロモンが……。

「ああっ、いやっ！　いやですっ！」

未央は不意に眼を開けると、乃梨子と上杉の顔を交互に見た。ひどく焦っていた。それがなんのサインであるか、上杉はもちろん知っている。

イキそうなのだ。

しかし、いまクンニをしているのは、未央にとってはおぞましい相手だった。女でありながら女の舌でイクわけにはいかないとばかりに、唇を嚙みしめる。そんな辱めだけは許してほしいと、乃梨子と上杉を交互に見る。

乃梨子は当然無視するだろうと、上杉は思っていた。しかし、すっと顔を股間から離すと、同性の愛液で濡れまみれた唇を歪めて笑った。

「交替しましょうか」

乃梨子の視線は、上杉に向けられていた。クンニを替われ、ということのようだった。

5

ハアハアと息をはずませている未央を後ろから抱えているのは、乃梨子だった。上杉は未央の両脚の間に移動し、彼女の花を舐めていた。

薄い花びらをぱっくりと開いた姿はどこまでも無防備で、可憐なたたずまいと言いたくなるくらいなのに、物欲しげに発情の蜜を垂らしている。薔薇のつぼみのように渦を巻いている薄桃色の肉ひだがひくひくと息づき、海底に棲息《せいそく》するイソギンチャクを彷彿とさせる。

舌先で花びらの内側をなぞり、凹みにあふれた蜜を啜り、つるつるした舌の裏側を使ってクリトリスを丁寧に舐め転がしてやると、未央は手放しでよがりはじめた。同性の舌使いも刺激的だったろうが、上杉の舌は彼女の性感を開発した舌だった。このやり方で、数えきれないほどイカせてやった。どこをどうすれば未央が気持ちよくなるのか、知り尽くしていると言っていい。

しかし……。

そんなにすぐにイカせてやるわけにはいかなかった。女を骨抜きにする方法はふた通りある。イキまくらせるか、焦らすかだ。乃梨子が後者を選択したのはあきらかだったので、上杉も足並みを揃える必要があった。

「ああっ、ダメッ……ダメですっ……」

未央が切羽つまった顔を向けてくると、上杉はクリトリスから舌を離した。そんなところを刺激したってイケるはずがない内腿に、キスの雨を降らせた。上杉がクリを舐めるのをやめると、未央は一瞬、安堵した顔になる。この状況でイカされるのは恥だと、彼女は思っている。

しかし、それが何度も続けば安堵よりも失望感が募り、やるせない顔になっていく。未央は焦らされるのに弱いのだ。オタク野郎・野田に電マ責めで焦らされたときも、呆気なくみずから絶頂をねだっていた。

この状況ではどうだろう？　相手が野田のとき、未央は上杉に盗撮されていることを知らなかった。プライドを捨てて絶頂をねだっても、失うものは少ないと判断してもおかしくないシチュエーションだった。

しかし、いま同じことをするには勇気がいる。乃梨子の前でイキ顔をさらすのは、見せ物小屋の出し物になるのと同じだった。女のもっとも恥ずかしい瞬間をさらし、同性に笑いものにされる——それだけは避けたいはずだった。

「ああっ、いやっ……あああっ、いやあああああっ……」

それでも、なめらかな舌の裏側で敏感な肉芽をねちっこく舐め転がしてやれば、感じずにはいられない。オルガスムスを知っている二十一歳の健康な肉体は、意志とは関係なくそれを求めはじめる。腰の動きはとまらないし、漏らしすぎた愛液はシーツに拳大のシミをつくっている。

蜜にまみれた肉穴に、上杉は指を入れた。右手の中指だ。蜜のヌメリに導かれるまま、肉ひだを掻き分けて奥まで侵入していくと、

「ああっ、ダメッ！」

未央は眼を見開き、首を振った。

「そっ、それはっ……それはダメですっ……」

Gスポットとクリトリスを同時に責められると、未央は思ったはずだった。彼女はその刺激に、いつだってよがり泣いている。しかし上杉は、挿入した指を折り曲げず、つまりGスポットを刺激しないまま、すうっと抜いた。

「えっ？　えええっ……」

未央が泣きそうな顔になる。

「ククッ、どうした？　指を入れちゃダメなんだろう？」

上杉が勝ち誇ったように言うと、未央はますます泣きそうな顔になり、唇をわなな

かせた。そそる顔をしていた。彼女はいま、「イキたい」と「イキたくない」の間で心身の股裂き攻撃に遭《あ》っているのだ。意志の力で喜悦をこらえつつ、体がそれを求めている女の表情ほど、男を燃えあがらせるものはない。

「欲しいなら欲しいって言えよ」

上杉はもう一度、指を肉穴に入れていった。だがそれも、すうっと入れて、すうっと抜くだけだ。何度か続けていると、肉穴がキュッと締まって指を離そうとしなくなった。それでも抜いてしまい、かわりにねちねちとクリトリスを舐めてやる。

「あああっ……はぁあああっ……」

未央の動きが激しくなった。後ろ手に縛られ、上半身を後ろから抱えられているから、動かすことが可能なのは腰くらいだったが、いやらしいくらいにくねらせて、宙に浮いた足指をぎゅっと丸めた。

「うううっ……」

未央がこちらを見つめてくる。結合を求める表情をしている。この状況にもかかわらず、彼女はペニスで貫かれたがっている。

視線と視線がぶつかった瞬間、上杉はぶるっと身震いした。こっちこそ、結合がしたかった。勃起しきった男根がブリーフに締めつけられ、苦しくてしようがなかった。未央を貫きたいという耐えがたい衝動が身の底からこみあげてきて、いても立ってもいられなくなった。

「うっ、上杉さんっ……」

未央が震える声をかけてくる。なにかを言おうとしつつ、何度も息を呑みこむ。いよいよ彼女の口からおねだりの言葉が聞けるのか、と上杉は身を乗りだした。天使のような彼女でも、やはり欲望には抗えず、プライドを捨てて、同性の前で発情した牝犬になってしまうのか……。

しかし。

未央がおねだりの言葉を発する前に、乃梨子が動いた。未央から体を離し、四つん這いになった。上杉に向かって尻を突きだしてきたのである。

「欲しくなっちゃった……」

振り返ってささやいた乃梨子の表情は、唖然とするほどいやらしかった。眼の下を生々しいピンク色に染め、眉根を寄せた顔が悩殺的すぎた。

「オチンチン入れてよ……ちょうだい……早く……」

振り返ったまま、腰をくねらせて挑発してくる。元より彼女は黒いレースのセクシーランジェリーで熟れた体を飾っていた。突きだされた尻の双丘が生身なのは、ショーツがTバックだからだ。

後ろから見ると、桃割れに食いこんでいる股布が、こんもりと盛りあがっていた。未央とは対照的に、乃梨子の花びらは大ぶりで肉厚だった。弾力豊かな結合感を思いだし、上杉の口の中には大量の唾液があふれた。

ブリーフを脱いだ。脱ぎ捨てずにはいられなかった。硬く屹立したペニスを揺らしながら、乃梨子の尻に腰を寄せていった。Tバックショーツをおろし、濡れた花園にペニスの先端をあてがう。

「んんんっ……」

乃梨子はますます眉根を寄せ、妖艶な眼つきでこちらを見つめてきたが、彼女の目的がただ自分の欲望を鎮《しず》めるためでないのはあきらかだった。ドSのレズビアンのように振る舞っているが、彼女の性癖はドMなのだ。尻を叩かれたり、口汚い言葉責めにこそ興奮するのに、いきなり結合を求めてくるなんておかしすぎる。

未央に対する調教の一環なのだろう。

もはや発情しきってプライドを捨てそうになっている二十一歳をさらなる窮地に追いこむために、あえてセックスを見せつけようとしているのだ。まったく、底意地の悪い女だった。サディストとしての天性のほうが、恵まれているのではないだろうか。

「いきますよ……」

上杉は息をとめ、腰を前に送りだした。パンパンにふくらんだ亀頭を割れ目に埋めこみ、そのままずぶずぶと入っていく。

「あううっ！」

ずんっ、と最奥まで突きあげると、乃梨子はくびれた腰を反らせた。彼女の中は充分に潤んでいたので、すぐに動きだしても大丈夫そうだった。だが上杉は、あえて腰を沈黙させたまま、さわさわ、さわさわ、と四つん這いの背中や尻をフェザータッチでくすぐった。

「ああんっ……」

乃梨子が身をよじると、結合部からずちゅっと卑猥な音がたった。その音が試合開始のゴングであるかのように、乃梨子は尻を振りはじめた。前後左右に動かして、咥えこんだペニスをしゃぶりまわしてきた。バックで繋がって女が自分で動くのはかなり難しいと思うのだが、乃梨子は悠々とやってのける。

「むううっ……」

性器と性器がこすれあう快感を嚙みしめながらも、上杉は意識していた。すっかりそちらに顔を向けなくなっていたが、未央の動向を横眼でしっかりうかがっていた。クンニの途中で放置された状況に、ひどく戸惑っているようだった。押さえる者のいなくなった両脚を閉じ、呆然とした顔でこちらを見ている。

しかし、彼女の中で燃え盛っている欲情の炎は、すぐに消えたりしないはずだった。何度となく絶頂寸前まで追いつめられた体が、放置されて黙っているわけがない。

実際、上杉がピストン運動を開始し、四つん這いの乃梨子が獣のようにあえぎはじめると、もじもじと身をよじりだした。顔の紅潮はクンニをされていたときよりも濃くなり、眼を見開いてこちらを見ていた。乃梨子が淫らな悲鳴を放つほどに、ハアハアと呼吸まで荒くなりはじめた。

「ああっ、いいっ！　ちょうだいっ！　もっとちょうだいっ！」

乃梨子が叫ぶ。

「オチンチンいいのっ！　硬くてとっても気持ちいいのっ！」

「生意気言うんじゃないっ！」

　上杉は、スパーンと尻を叩いた。

「ひいいっ！」

　そこまでは想定していなかったらしく、乃梨子は本気の悲鳴をあげた。ゆっくりとこちらを振り返った彼女の眼は、ねっとりと潤みきっていた。もっと叩いてと、彼女の顔には書いてあった。

　望み通りにしてやった。スパーン、スパパーン、と叩く音が大きくなればなるほど、乃梨子の放つ悲鳴もオクターブをあげていった。と同時に発情の蜜も大量に漏らし、抜き差しのたびにあがる肉ずれ音がどこまでもいやらしくなっていく。

「ああっ、いいっ！　いいわあっ……オマンコ気持ちいいいいーっ！」

　ベッドの上に熱狂が訪れた。上杉と乃梨子は盛りのついた獣と化し、一心不乱に肉の悦びに溺れていった。

　ただ、ベッドの上にはもうひとりいた。未央が身をすくめてこちらを見ていた。最初こそスパンキングプレイに驚いたようだったが、乃梨子のあえぎっぷりにはもっと驚いたことだろう。

未央は他人のセックスなど目の当たりにしたことがない。AVとはまるで違う生身の迫力に、胸を揺さぶられているに違いない。いや、胸と言うより下半身か。何度もオルガスムス寸前まで追いこまれた部分が、熱く疼きだしているはずだった。太腿をしきりにこすりあわせているのが、なによりの証拠だ。

「ああっ、いいっ！　もっとっ！　もっとしてっ！」

乃梨子は淫らに歪んだ声で叫びながら、四つん這いになっている頭を未央のほうに向けた。じりっ、じりっ、と迫っていったので、必然的に上杉も前に進む。こちらを見ている未央の顔は、凍りついたように固まっている。

「一緒に気持ちよくなりましょうよ……」

乃梨子は未央に向かって言うと、閉じている両脚に手を伸ばし、M字に割りひろげた。

「いやっ！　いやですっ！」

未央は上ずった声をあげたが、なにも抵抗できなかった。未央自身が――少なくともその体だけは、刺激を求めているからだろう。乃梨子の顔があられもなく開かれた両脚の間にもぐりこむと、喉を突きだしてのけぞった。

「はっ、はぁううう｜っ！　はぁううう｜っ！」

声には悲愴感が滲んでいても、表情は次第に欲情に蕩けていく。鼻の下を伸ばした情けない顔で喜悦に翻弄され、ぎゅっと眼をつぶって肉の悦びを嚙みしめる。

たまらなかった。

上杉はまばたきも呼吸も忘れて、怒濤《どとう》の連打を放った。パンパンッ、パンパンッ、と尻を鳴らして、フルピッチで抜き差しした。

同性に股間を舐められてよがり泣いている未央の姿がいやらしすぎて、正気を失いそうなほど興奮していた。

上杉の腕の中でも、彼女はたしかに乱れていた。しかし、いまの乱れ方はまるで違う。これがアブノーマルなプレイと理解しつつ、未央はそこに沈んでいこうとしている。3Pだとかレズビアンだとか、いままでの彼女であればただおぞましさしか感じなかったものによって性感を揺さぶり抜かれ、天使から堕天使へと変貌を遂げようとしている。

その瞬間を目撃すればいまよりももっと興奮し、勢い余って射精まで突っ走ってしまいそうだった。この状況で未央がイクところを目の当たりにし、射精をこらえるほうが難しいだろう。

「ああっ、いやっ……イッ、イッちゃうっ……もうイッちゃいますっ……」

紅潮した顔をくしゃくしゃに歪め、未央が絶頂に達しようとしたときだった。乃梨子が不意にクンニリングスを中断した。未央を焦らすためではなかった。

「ダッ、ダメッ……イッちゃうっ……そんなにしたらイッちゃうっ……」

乃梨子が鼻にかかった甘い声を出し、四つん這いの身をよじった。未央をイカせる前に、自分に限界が迫ってきてしまったのだ。

上杉は腰使いのピッチを落とさなかった。未央の絶頂が見たいなら落とすべきだったが、抜き差しが気持ちよすぎてストップできない。

「もっ、もうイクッ……イッちゃうっ……我慢できないいいいーっ！　はっ、はぁおおおおおおーっ！」

乃梨子が獣じみた悲鳴をあげ、ビクンッ、ビクンッ、と腰を跳ねさせる。このタイミングでオルガスムスに達したのは、彼女のシナリオ通りなのかどうか、上杉にはわからなかった。ただ、びしょ濡れの肉穴がすさまじい勢いでペニスを吸いたててきた。

こちらが突きあげる以上の勢いで、奥へ奥へと引きずりこもうとする。

上杉は負けじと腰を振りたてた。乃梨子がイキきるまで、渾身のストロークでいちばん深いところを突きあげた。そこが乃梨子の急所だった。

「ああああっ、いいいっ！　すごいいいいーっ！　すごいいいいいーっ！」

体中をぶるぶる、ぶるぶる痙攣させながら、乃梨子は連続絶頂モードに突入した。四つん這いの格好で手脚をバタバタさせながら、ビクンッ、ビクンッ、と腰を跳ねあげつづけた。

6

なんとか射精をこらえきれた――上杉は自分で自分を褒《ほ》めてやりたかった。

女がイケば、男も感じる。女体の痙攣が結合部を通じて伝わってくるし、肉穴そのものの締まりも増す。なにより、この自分のペニスでイカせたという達成感に酔いしれずにはいられない。女を支配したいという男の本能が満たされ、自分の欲望もすっかり解放したくなる。

そんな状態で、射精をこらえて結合もとくというのは、もはや苦行と呼びたいくらいだった。しかし、上杉にはまだ仕事が残されている。

「あああああっ……」

存分にイキきった乃梨子がグロッキー状態でうつ伏せに倒れると、上杉はハアハアと息をはずませながら立ちあがった。未央の前に進み、腰に手をあてて仁王立《におうだ》ちになった。無言で未央を見下ろしながら、呼吸を整えた。

こちらを見上げている未央は、いまにも泣きだしそうな顔をしていた。その視線が向かっているのは上杉の顔ではなく、股間でそそり勃っているペニスだった。

射精寸前までピストン運動を続けたせいで、はちきれんばかりに硬くなっているだけではなく、ビクビクと跳ねていた。なにより、乃梨子が漏らした愛液で淫らな光沢を帯びている。先端から根元までネトネトに輝き、カリのくびれに白濁した本気汁までからんでいる。

どれほどセックスが好きな女でも、普通なら眼をそむけたくなるはずだった。いまのいままで他の女の肉穴を貫いていたペニスなんて、鼻をつまんでスルーしたくなるに決まっている。

しかし、未央は視線をはずさなかった。半開きの唇からもれる呼吸音が、刻一刻と荒くなっていく。眼を細めれば瞳が濡れて、表情から伝わってくるものが、発情一色に染まっていく。

「舐めてくれよ」

上杉の言葉に、未央は驚いたように眼を丸くした。侮辱された、と思ったかもしれない。だがすぐに、ごくりと生唾を呑みこんだのを、上杉は見逃さなかった。唇を嚙みしめながら、後ろ手に縛られた不自由な体をなんとか起こして、ベッドの上に正座した。

それでも、すんなりとは舐めてくれなかった。挑むような眼でこちらを見上げながら、口の中でなにか言った。

「んっ？　聞こえなかったぞ」

上杉は鼻で笑った。本当は聞こえていたので、我ながら意地が悪いと思ったが、反射的にそうしてしまった。未央は普段、保護欲を誘う女だった。守ってやりたいと男を奮い立たせるなにかがあった。しかし、こういう状況になってみると、意地悪がしたくなる。乃梨子とは別の意味で、嗜虐心《しぎゃくしん》を駆りたてられるのである。

「舐めたら、してくれますか？」

蚊の鳴くような声で、未央は言い直した。

「なにをしてほしいんだ？」

上杉はニヤニヤ笑いながら、股間でそそり勃ったものを揺らした。ピターン、ピターン、と湿った音をたてて下腹部を叩いた。

「なにをって……」

未央は顔をそむけ、悔しげに身をよじった。

「……エッチしてほしい」

「オマンコだろ」

上杉は勝ち誇ったように言った。

「お掃除フェラして、オマンコしてくださいって可愛くお願いできたら、してやるのもやぶさかじゃないぞ」

未央は泣きそうな顔で唇を嚙みしめた。体中を小刻みに震わせながら、眼を泳がせた。乃梨子はまだ、うつ伏せで倒れたまま起きあがる気配もない。息ははずませているが、連続絶頂で失神に近い状態なのかもしれない。

いまのうちに、とおそらく未央は思ったはずだ。そして覚悟を決めた。正座の状態でにじり寄ってくると、唇をひろげてペニスに近づけた。熟女が漏らした蜜の強い匂いに顔をしかめながら、それでもぱっくりと亀頭を咥えこんだ。

「むううっ……」

上杉は思わず腰を反らせた。フェラをさせるのが申し訳ないほど、未央は清らかな女だった。しかし、だからといってまったくしてもらったことがないわけではない。そのときの感覚はしっかり覚えていたが、なにかが違った。

乃梨子の愛液をまとっているせいで、やけにヌルヌルするのだ。発情の蜜は唾液より粘《ねば》り気があって、オイリーな気がする。さすが性器を傷つけないために分泌するものだと、おかしなことに感心してしまう。

「うんんっ……ぅんぐっ……」

未央が頭を振ってペニスをしゃぶりはじめると、その感覚はよりいっそう明確になった。異様なほどのヌルヌル感に、他の女の体液をお掃除させているというアブノーマルな興奮が加わり、上杉は身をよじった。一分と経たないうちに、膝まで震えはじめた。

未央の瞳が光った。上杉が未央の性感帯を知り尽くしているように、彼女もこちらの癖や反応をよく知っている。上杉が結合を求めていることを目敏《めざと》く察知すると、口唇からペニスを吐きだした。一瞬、横眼で乃梨子を見た。まだうつ伏せで倒れているのを確認してから、震える声で言った。

「オッ……オマンコ、してください」

上杉は満足げに太い息を吐きだした。普段の未央なら絶対に口にしない台詞だった。ご褒美に頭を撫でてやった。黒い髪がやたらと汗ばんでいた。

「ねっ、ねえ、お願いします……」

未央は身をよじりながら哀願してきた。

「わっ、わたしもう、我慢できないんです……このままじゃ頭がおかしくなっちゃいそうなんです……オッ、オマンコしてください……言いましたよね？　オチンチンだって綺麗にしましたよね？」

頭なんて撫でてないで、早く約束を守ってくれと言わんばかりだった。上杉はその態度にカチンときた。彼女は囚われの身であり、約束なんて守ろうが破ろうがこちらの勝手なのである。

「よし、それじゃあ……」

上杉は意味ありげに笑いながら、あお向けになった。

「自分でまたいで自分で入れるんだ」

未央の顔が歓喜に輝いた。ようやく望みのものを手に入れられる、と思ったようだった。しかも、乃梨子はグロッキー状態。このチャンスを逃してなるものかとばかりに、身を翻《ひるがえ》して上杉の腰にまたがってきた。

しかし、彼女は後ろ手に縛られている。そのことを、いざ結合しようとしたところで気づいたらしい。両手が使えなくては、性器と性器の角度を合わせられない。

「いっ、入れてもらえますか？」

上目遣いでささやいた。上杉の腰にまたがった未央は、したたるほどに濡れている女の花園を、ペニスに密着させていた。反り返った肉棒の裏側に、割れ目をぴったりとくっつける感じだ。その状態では、自力での結合はかなわない。

「おっ、お願いします……わたし自分じゃ……」

「自分でやるんだ」

上杉は非情に言い放った。

「入れてほしいのはキミで、僕じゃない。キミが入れる努力をするべきだ」

「そっ、そんなこと言われてもっ……」

未央は泣きそうな顔で腰を動かした。ヌメヌメした女の割れ目がペニスの裏側をすべり、お互いに息を呑んだ。気持ちよかったが、ただそれだけのことだった。このまじゃ絶対に結合できないという絶望感に顔を曇《くも》らせながらも、未央は腰を振りつづける。ヌルリッ、ヌルリッ、と割れ目をペニスの裏にこすりつけては、ハアハアと息をはずませる。

「なに勝手に気持ちよくなってるんだ？」

左右の乳首をコチョコチョとくすぐってやると、

「あうぅっ！」

未央は悲鳴をあげてこちらに倒れてきた。両手をひろげて抱きとめた上杉に伝わってきたのは、尋常ではない女体の火照りだった。そして汗だ。股間にも負けないほど、未央の全身は汗にまみれてヌルヌルしていた。

「ねえ、お願い、上杉さんっ……」

ハアハアと息をはずませながら、すがるような眼を向けてくる。顔まで汗びっしょりで、顎からしたたっている。

「もう欲しいっ……入れてもらえないとおかしくなりそうっ……お願いだからっ……」

「じゃあ、もうわがままは言わないな？」

「えっ……」

「警察に自首するとかそういうことは」

眼尻を垂らしていた未央が、ハッとして睨んできた。

「ひっ、ひどいっ……最初から、そのつもりだったんですねっ……」

「たしかにひどい」

上杉は、上に乗っている未央の背中を撫でまわした。肩甲骨《けんこうこつ》のあたりから脇腹や腰を経由して、尻の双丘を両手でつかんだ。

「でも、他に方法がないから、しかたがなかったんだ。わかってほしいのは、僕はただ、キミと楽しくやっていきたいだけなんだよ。こんなふうにね……」

尻の双丘を、ぐいっ、ぐいっ、と引き寄せた。未央の股間はペニスの裏側にあたっていた。前屈《まえかが》みになっているから、いまあたっているのはクリトリスのあたりだ。

「ああっ……」

快楽が、未央から眼力を奪っていく。快楽は快楽でも、もどかしいばかりで、欲望はどこまでもふくらんでいく一方だろう。クリトリスを刺激されるほどに、そこではない別の場所にペニスが欲しくなってくる。

「入れてほしいんだろう?」

上杉が甘くささやくと、未央は顔をそむけた。歯を食いしばって、懐柔《かいじゅう》を拒んでいた。しかし、その顔は可哀相なくらい真っ赤に紅潮し、汗の粒がびっしりと浮かんでいる。

「キミも強情《ごうじょう》だな……」

上杉はふっと笑うと、両膝を立てた。そうすると、未央の尻が太腿にのり、位置や角度をこちらでコントロールできるようになる。

「こうすれば、手を添えたりしなくたって、入れることができるんだ」

未央の腰を浮かせ、ペニスの先端を割れ目に密着させた。尻を支えている太腿を少しずつ倒していけば、亀頭が浅瀬にじわじわ埋まっていく。

「んんんっ……」

未央が首に筋を浮かべた。両手が自由であったなら、こちらにしがみついてきたところだ。

「入ってるだろう？」

ぬちゃっ、ぬちゃっ、と浅瀬を穿つと、

「んんっ……んんんんっ……」

未央は汗まみれの顔を歪め、鼻奥で悶え泣いた。それでもまだ、我慢している。卑語を口にして恥をかくことはできても、欲望のために良心までは渡してしまっていいのだろうかと悩んでいる。

「そう頑なにならないでくれよ……」

上杉は浅瀬を穿ちながら言った。

「前みたいに仲よくやろうじゃないか。毎日セックスして、昨日より今日のほうが気持ちがよくて……僕はそういう生活をしたいだけなんだ……」

上杉は自分の言葉に絶望した。嘘を言ったつもりはなかったが、ふたりが以前のような関係に戻るのは無理だろうと思ったからだ。

未央はすでに、天使ではなかった。絶頂欲しさに卑語まで口走る堕天使だった。これから、もっと堕ちていくだろう。たとえかつてのような日々を取り戻したとしても、ここから先はご主人さまと牝奴隷の関係になる。

「もっとっ……もっとくださいっ……」

大粒の涙をボロボロとこぼしながら未央が言った。

「もっと深くっ……奥までっ……ああっ、オマンコの奥までっ……」

堕天使になってなお、未央は魅力的だった。むしろ、清らかな天使のときよりも、男心を揺さぶられた。彼女のご主人さまになるのではなく、彼女とふたりでどこまでも堕ちていきたいとさえ、上杉は思ってしまった。

息をつめて両脚を伸ばした。未央の全体重が結合部にかかり、そそり勃ったペニスが、ずぶずぶと彼女の中に呑みこまれていく。

「あうううーっ！」

未央は眼を白黒させて叫んだ。

「きっ、きてますっ……いちばん奥まで、届いてますっ……」

だが、彼女が喜悦を嚙みしめることができたのは、ほんの束《つか》の間《ま》のことだった。上杉はすぐに、もう一度膝を立てた。太腿で押しあげるようにして、未央の尻を浮かせ

た。必然的に結合も浅くなり、

「ああっ、いやあああああーっ！」

未央は泣き叫んだ。

「ぬっ、抜かないでっ……抜かないでくださいっ……」

「じゃあ、僕のお願いもきいてくれるね？」

上杉は低くささやいた。

「警察に自首するなんて言わないで、楽しくやっていくってことでいいね？」

「ううっ……」

涙眼になった未央が、うなずこうとしたときだった。

「ずいぶん見せつけてくれるじゃないの」

乃梨子の声が聞こえてきた。いつの間にかグロッキー状態から復活して、ニヤニヤ笑いながら上杉と未央のまぐわいを眺めていた。

7

「話はまとまりましたよ」

上杉は静かに言った。視線は乃梨子をとらえていた。

「彼女は警察には行かないと約束してくれました。約束してくれたご褒美に、これからたっぷりイカせてやります」

上杉は両脚を伸ばし、結合を深めた。ずぶずぶと再びペニスが肉穴に入っていくと、未央は歓喜の悲鳴をあげた。根元まで埋めこむと、体中が小刻みに震えだした。乃梨子が眼を覚ましたことにショックを受けているはずなのに、肉体は淫らな悦びを隠しきれない。

乃梨子はなにも言わずこちらを見ている。不気味《ぶきみ》だったが、上杉はかまわず未央の上体を起こした。後ろ手に縛られたままでバランスがとれるのかどうか少し心配だったが、未央はしっかりと腰を使いはじめた。腹筋や太腿に、いつもより力が入っているのがわかった。

「ああああっ……」

喜悦に声を歪ませながら、クイッ、クイッ、と股間をしゃくる。乃梨子の視線を意識してだろう、最初こそ遠慮がちに動かしていたが、すぐに大胆に腰を振りだした。ぬんちゃっ、ぬんちゃっ、と粘りつくような肉ずれ音がたつと、いやいやと声をあげたが、それでも腰の動きは熱を帯びていく一方だった。

「むううっ……」

上杉は自分の顔が燃えるように熱くなっていくのを感じた。未央は抱き心地のいい女だが、中でも騎乗位は最高に気持ちいい。小柄で軽いから、腰の上に乗せていても負担が少ないのだ。女体の重さに気をとられることなく、快楽だけをむさぼれる。性器と性器をこすりあわせることに集中できる。

「ああっ、いやっ……いやいやいやっ……」

未央が髪を振り乱した。

「イッ、イッちゃいますっ……イッちゃいそうっ……」

可愛い顔を欲情に歪みきらせながらも、怯えた眼つきで上杉を見る。

「イッっていいですよね？　このままイッても……」

「イキたいのか？」

「イキたいっ！ イキたいですっ！」

上杉がうなずこうとしたときだった。

「ちょっと甘すぎるんじゃないかしら？」

乃梨子が近づいてきて、未央の背中を押した。両手が使えない彼女は悲鳴をあげて前に倒れ、上杉はあわてて受けとめた。

「オマンコしてる最中の口約束くらいで許してたら、そのうち足をすくわれるわよ。覚悟を決めて彼女を調教することにしたんだから、もっとがっちりトラウマを植えこんでやらないと。二度と逆らえないようにね」

スパーンッ！ と乃梨子が尻を叩き、

「ひいいっ！」

未央が悲鳴をあげる。

スパーンッ！ スパパーンッ！ と乃梨子は続けざまに尻を叩いた。容赦《ようしゃ》なく力をこめていた。乃梨子と違い、未央の尻は小さく、肉づきも頼りない。平手を打たれるたびに、体の芯まで痛みが響いていそうだった。

それでも、未央の発情の炎は消えなかった。ひいひいと悲鳴をあげつつも、腰を使ってきた。眼と鼻の先にある絶頂を逃してなるものかとばかりに、恐ろしい執念深さで咥えこんだペニスを肉穴の中でこねまわす。

しかし、執念深さなら、乃梨子のほうが一枚上手だった。彼女は未央に夫を寝取られていた。プライドを踏みにじられた怨念《おんねん》は、夫が亡きものとなったいまなお、彼女の中で業火のように燃え盛っているらしい。

薄桃色の球体を取りだした。イチジク浣腸だった。うつ伏せになっている未央には見えていなかったが、上杉には見えていた。いや、乃梨子はニヤニヤ笑いながらそれを上杉に見せつけてきた。

やめろっ！　と胸底で叫んだ。そんなことをしなくても、未央はもう泣きを入れているのだ。

しかし、それを口にすることはできなかった。ニヤニヤ笑っている乃梨子の顔には、あなたはどっちの味方？　と書いてあった。もちろん、乃梨子の味方をするしかなかった。

それに……。

乃梨子は未央に醜態《しゅうたい》をさらさせたいのかもしれなかった。彼女自身は、龍太郎によって人間性を剝がされるような屈辱的なプレイを受け、それを上杉にも見られていた。未央ひとり、単なる焦らしプレイで勘弁してやることはできないのか……。

「えっ……」

不意に、未央の瞳が凍りついた。

「なっ、なに？　なにをするの……」

あわてて上体を起こそうとしたが、上杉が下から抱きしめてさせなかった。ＳＭプレイなどと無縁に生きている清純な女子大生とはいえ、自分の体に異変を感じれば、それがなんなのかわかるはずだった。

「ふふっ、暴れると肛門が切れるわよ。ここは血管が集まってるから、切れるとものすごく血が出るんだって」

恐ろしいことを言いながら、乃梨子は薄桃色の球体を握りつぶした。未央が悲鳴をあげて体をこわばらせる。その下腹の内部にいま、冷たい浣腸液が逆流しているはずだった。

「あああっ……あああああっ……」

未央は眼の焦点を失い、酸欠の金魚のように口をパクパクさせた。完全にパニック状態だった。浣腸の存在は知っていても、それが自分に施《ほどこ》されるとは夢にも思っていなかっただろう。現実を受け入れるのに、時間がかかっている。

しかし、その間も浣腸液は未央の体内に染みこみ、暴れまわって、おぞましい衝動を呼び起こす。不意にキュッとペニスが締めつけられたのは、未央が肛門を締めたからに違いなかった。

「どう？　オマンコしながら浣腸されるのは最高でしょう？」

乃梨子が未央の顔をのぞきこんで言った。まるで龍太郎が乗りうつったような、嗜虐的な眼つきをしていた。

「お尻の穴とオマンコの穴は8の字の筋肉で結ばれてるから、後ろを締めると前も締まるのよ。我慢すればするほど、気持ちよくなっていく。でも、気持ちよくなりすぎてイッてしまうと……どうなるかわかるわよね？」

「やっ、やめっ……」

震える声で「やめて」と言おうとした未央を無視して、乃梨子は彼女の後ろにもう一度まわりこんだ。二個目のイチジク浣腸が、容赦なく注ぎこまれる。

「いっ、いやっ……いやよっ……」

　未央は呆然とした顔で上杉を見た。

「どっ、どうなっちゃうんですか？　わたし、どうなっちゃうっ……」

「我慢するしかないだろうな」

　上杉は未央の髪をやさしく撫でながら言った。

「これは単純なゲームだ。僕が射精するまでキミが我慢できれば、キミの勝ちだ」

「射精するまでってっ……そんなっ……」

「でも、気持ちいいでしょう？」

　乃梨子が未央の尻を揺さぶった。必然的に、深く結合している性器と性器もこすれあい、未央が悲鳴をあげる。

「やっ、やめてっ！　出ちゃいますっ！　そんなことしたらっ……」

　言いつつも、未央は腰を動かしはじめた。本人の意識としては、苦悶から逃れようと身をよじっただけかもしれない。それでも、性器と性器がこすれあえば、体はさらなる快感を求める。気持ちがいいほうに、動かずにはいられない。

「ああっ、いやっ……ああぁっ……いやあああっ……」

恐怖にひきつりきった顔で泣き叫びながらも、未央は小ぶりなヒップを振りたててペニスをしゃぶってきた。表情と体の動きがまるで逆だった。そのコントラストが濃密なエロスとなり、上杉もじっとしていることができなくなった。

下から腰を使ってしまった。勃起しきった肉の棒で、蜜にまみれた肉穴をずぼずぼと突きあげる。未央が泣き叫ぶ。清潔な白い素肌から、汗が噴きだしてくる。普段の倍の量だ。発情の汗と、排泄の衝動をこらえる脂汗と……。

たまらなかった。

上杉はいつしか、側に乃梨子がいることも忘れてしまうくらい、セックスに没頭していた。龍太郎がこのプレイを愛した理由がよくわかった。浣腸をされた女は憐れを誘い、それが男の欲情を揺さぶることもある。もっと単純に、肉穴の締まりがよくなって、尋常ではない一体感も味わえる。

だが、このプレイの本質は別にあるのではないかと思った。

生き恥をさらす惨劇に怯えている女と、運命共同体になる愉悦である。前回、乃梨子と浣腸セックスをしたとき、彼女は上杉が射精するまで便意を耐えきった。しかし、耐えられなくてもいいと、上杉は途中から思っていた。

結合中の女が排便してしまうというのは、おそらくセックスにまつわる悪夢の中でも、もっとも上位に位置するだろう。にもかかわらず、離したくないと思った。惨劇が起きたときは一緒に地獄に堕ちてやると、覚悟を決めた。

そう、浣腸セックスは体だけではなく、心の結びつきも強めるのである。あくまで男から女に対する一方的な思いではあるが、自分はこの女を心の底から愛していたのだと実感できる。どうでもいい女であれば、一緒に地獄に堕ちようなどと思わない。排泄物にまみれてまで、繋がっていようなどと思うはずがない。

「ダッ、ダメですっ……もうダメッ……」

未央が虚《うつ》ろな眼つきで言った。

「わっ、わたしもうっ……がっ、我慢できませんっ……」

「我慢するんだ」

上杉はぐいぐいと下からストロークを送りこんだ。

「もう無理っ……無理ですっ……」

「もうすぐだからっ……もうすぐ出るからっ……」

「ああっ、上杉さんっ……お願いっ……わたしから離れてっ……」

虚ろな眼から大粒の涙が流れる。

「離れるもんか」

上杉がぎゅっと未央を抱きしめると、

「なにイチャイチャしてるのよ」

乃梨子が嫉妬も露わに、三個目の浣腸を未央に注ぎこんだ。

「あああああーっ！」

未央が悲鳴をあげ、上杉は乃梨子を見た。

「このままじゃ、ベッドを汚してしまいますよ」

「いいわよ、べつに」

乃梨子は歌うように言った。

「ベッドくらい、汚してもらってかまわない。わたしはベッドを買い換えるお金を失うけど、その子はもっと大きなものを失うことになるんだから……」

どうやら、乃梨子は最初からそのつもりだったようだ。まったく、恐ろしい女である。大惨事を起こすにしても、バスルームとベッドの上ではインパクトがまるで違う。粗相をした未央は、一生消えないトラウマを抱えることになるだろう。

「でっ、出ますっ……もう出ちゃいますっ……」

未央が泣きじゃくりながら身をよじる。キュッ、キュッ、とペニスを締めつけてくる肉穴の動きが、にわかに活発化してきている。

「我慢するんだ」

もはやそんなことなど無理だろうと、上杉にもわかっていた。たとえいま結合をといても、未央はトイレまで歩いていくことさえできないだろう。

ならば……。

上杉は涙で濡れた未央の頬を、手のひらで包んだ。

「一緒にイクんだ」

「えっ？」

「なにがあっても受けとめるから……イキたいんだろう？」

未央は言葉を返さず、うなずきもしなかった。しかし、絶頂を欲しがっていることは、顔を見ればわかった。浣腸セックスが恐ろしいのは、女が肛門を締めることで前の穴が締まり、性器と性器の密着度が信じられないくらい高まることだ。そしてそれは、男にだけ与えられる特権ではない。女だって排泄欲を我慢しながら、常軌《じょうき》を逸《いっ》した快楽に翻弄されるのである。

「いいか……」

上杉はハアハアと息をはずませながら未央に言った。

「一緒にイクんだっ……一緒にっ……おおおっ、出るっ……もう出るっ……未央、一緒にイクんだっ！　一緒にいいいいいいーっ！」

パンパンッ、パンパンッ、と音をたてて、下から怒濤の連打を送りこんだ。小柄な体が宙に浮くほどの勢いに、未央も半狂乱で髪を振り乱す。ひいひいと喉を絞ってよがり泣き、汗まみれの裸身を躍らせる。

間違いなく、彼女としたセックスの中でも、いちばんの熱狂状態だった。乃梨子がニヤニヤ笑いながらこちらにスマホのカメラを向けていた。惨劇を撮影するつもりのようだった。だが、もはやなにがあろうと、後悔なんてするはずがなかった。

「だっ、出すぞっ！　中に出すぞっ！」

上杉は叫んだ。いままで未央に、中出しをしたことはなかった。それでも、ペニスを抜いて膣外射精なんて考えられなかった。

「出すぞっ！　出すぞっ！」

「ああっ、出してっ！」

未央が叫び返してくる。

「中で出してっ！　いっぱい出してえええっ……」

「うおおおおーっ！」

雄叫びをあげて熱い精液を噴射すると、

「はっ、はぁうううううーっ！」

未央がしたたかにのけぞった。ドクンドクンとペニスが暴れる射精の衝撃を、彼女は生まれて初めて受けとめたに違いなかった。

「ああっ、イクッ！　イッちゃいますうううーっ！」

釣りあげられたばかりの魚のように全身を跳ねさせて、未央はオルガスムスに駆けあがっていった。肉穴が痛烈にペニスを締めあげてきて、射精を終えることを許してくれない。

「ぬおおおおおーっ！　ぬおおおおおーっ！」

「はぁううううーっ！　はぁうううううーっ！」

上杉と未央は身をよじりあいながら、怖いくらいの恍惚《こうこつ》を分かちあった。数秒先には惨劇が待ち受けているのに、上杉はこの世に生まれてきた悦びと幸せをしっかりと噛みしめた。

未央もそうだったらいいと思った。

たとえ一瞬のことだったとしても……。

エピローグ

三日が過ぎた。

昼夜なくイカされつづけた未央は、完全に牝奴隷に堕ちた。彼女は運命を受け入れることに対して、潔《いさぎよ》い女だった。オルガスムスに達しながら排泄しているシーンを撮影されてしまったことを知ると、みずからセックスドールのように振る舞いはじめたくらいだった。

亡夫がサディストだったせいだろう、乃梨子の家には大人のオモチャが大量にあった。電マやヴァイブはもちろん、クリトリスの吸引器やアヌス調教用のストッパーなど、マニアックなものまでずらりと揃っており、ボンデージのコスチュームやセクシーランジェリーも選《よ》り取り見取りだった。

それらを使って、未央は念入りに調教された。三日が過ぎると「アナルセックスがしてみたい」とまで言いだしたので、二十一歳の逞《たくま》しい性的好奇心に、上杉と乃梨子のほうが苦笑しなければならなかった。

問題はすべて片づいたはずだった。

未央は警察に自首する気などすっかりなくなったようだったし、M女の快楽に目覚めさせることにも成功した。いままでのようなラブラブセックスはもうできないだろうが、刺激的な毎日が送れそうだった。

しかし、上杉にはまだやり残したことがあるように感じられた。

四日目の朝を迎えたときのことだ――。

「なっ、なにっ？　なんなのっ？」

新しいベッドで眠っていた乃梨子は、眼を覚ますなり焦った声をあげた。その両手は、黒革の手錠で後ろ手に拘束されていた。その手錠もまた、乃梨子の家にあったコレクションのひとつだ。

「どうせなら、牝奴隷が二匹欲しくなったんですよ」

上杉は口許に薄い笑みをもらして言った。

「どうやって女を調教すればいいか、すっかり勉強させてもらいましたからね。おまけに乃梨子さんはもともとマゾの素養があった。二匹目を調教するのは、難しくなさそうです」

「ふっ、ふざけないでっ！」

眼を剥いて唇を震わせる乃梨子は、無力だった。上杉には調教のノウハウができただけではなく、アシスタントがいた。もちろん、未央だ。どうせなら乃梨子にも牝奴隷になってもらおうと思うんだが、と相談すると、ふたつ返事で話に乗ってきた。

さらに三日後——

上杉は二匹の牝奴隷を足元にひざまずかせて、フェラチオをさせていた。亀頭を代わるがわるしゃぶられるほどに、野太い声がもれた。清潔な裸身をもつ二十一歳の元天使と、熟れたグラマーボディの元人妻。

セックスのパートナーとして、これ以上豪華な組みあわせもないだろう。二匹の牝奴隷は時に協力して、時に嫉妬の炎を燃やしあいながら、たまらない愉悦《ゆえつ》を上杉に与えてくれた。

しかも、ふたりはただのセックスパートナーに留《とど》まらなかった。生挿入で中出しばかりしているので、そう遠くない将来にどちらか、あるいはどちらも妊娠する可能性が高かった。ふたりの女を同時に妊娠させるなんて、正気の沙汰ではなかったが、上杉はすでに正気を失っていた。

頭の中にあるのは、次の射精のことだけだった。あるいは、二匹の牝奴隷をどうやっていじめるか——調教という名の人格変革を相手に強《し》いだ以上、こちらも無傷ではすまなかったのだ。現実を生きる意欲をすっかり失い、ただこの桃源郷《とうげんきょう》で欲望のままに振る舞うことしかできなくなってしまったのである。

とはいえ、生きていれば腹が減る。

ウーバーイーツにも飽きてしまったので、乃梨子と未央に手料理をつくらせることにして、上杉は買い物に出かけた。

一週間ぶりに吸う外の空気は新鮮で、陽射しがまぶしかった。乃梨子の住むタワーマンションは買い物には不便なところで、表通りに出てタクシーを拾うことにした。クルマで来ていたが、運転するのも面倒くさかった。

遠いと言っても歩いて十分くらいなので、その距離でタクシーなんて普段なら考えられない贅沢だった。いまの上杉は、その程度では贅沢とは言えないほど、一攫千金を成し遂げたのである。

デート商法で稼《かせ》いだ一億円は消えてしまったけれど、乃梨子には龍太郎の遺産が転がりこんでくる。それさえあれば、セックス三昧の生活を送っていたところで、問題はなにもない。

とりあえず……。

三人で旅行にでも行きたかった。南の島の豪華ホテルでセックス三昧――やることは一緒でも、場所が変われば気分も変わる。

乃梨子も未央も性的ポテンシャルは未知数で、調教のし甲斐がありそうだった。そのためにはまず、自分がサディストとしての腕をあげなければならないかもしれない。そう思うと、だらしなく頬が緩《ゆる》んだ。

将来について、これほど楽観的な気分になれたのは生まれて初めてかもしれなかった。未来は輝いていた。間違いなくまぶしい光に照らされていた。

だがそのとき――。

キキーッとタイヤが音をたてて、こちらにクルマが突っこんできた。上杉は車道に少し出て、タクシーがやってくるのを待っていた。その上杉に向かって、直進していたクルマがいきなりハンドルを切ったのだ。

逃げようとしたが間に合わなかった。

スピードにのった状態でドンッとぶつかられ、上杉は宙に飛ばされた。まわりの景色がスローモーションで見えた。天地がさかさまになった世界で、人々がこちらを見て悲鳴をあげていた。なんだか空を飛んでいるようだった。少なくとも悪い気分ではなかったことはたしかだ。

やがて、アスファルトの地面に落下した。大の字に倒れた。起きあがろうとしても起きあがれず、声さえ出ないことに気づいて初めて、まずいことになったのかもしれないと思った。不思議なことに、痛みはまったく感じていなかった。ただ、自分の体の下に血の海がひろがっていくことだけはわかった。

野次馬が集まってきた。霞《かす》む視界の中で、こちらをのぞきこんでいる男と眼が合った。男は狂気じみた眼つきで奇声をあげて笑いだした。

「あんた、人を轢《ひ》いておいてなに笑ってるんだっ！」

側にいた男に胸ぐらをつかまれても、笑うのをやめなかった。「どうだ！」とか、「思い知ったか！」などとわめき散らし、唾まで吐いてきた。

野田だった。

この作品は徳間文庫のために書下されました。
なお本作品はフィクションであり実在の個人・団体などとは一切関係がありません。

徳間文庫

桃《もも》割《わ》れ堕《だ》天使《てんし》

2021年3月15日 初刷

著者 草《くさ》凪《なぎ》優《ゆう》

発行者 小宮英行

発行所 株式会社徳間書店

東京都品川区上大崎三－一－一
目黒セントラルスクエア 〒141－8202

電話 編集〇三(五四〇三)四三四九
販売〇四九(二九三)五五二一

振替 〇〇一四〇－〇－四四三九二

印刷
製本 大日本印刷株式会社

ISBN978-4-19-894635-7